Knaur

Originalausgabe 1989

Umschlaggestaltung Manfred Waller
Umschlagabbildung:
»Friedenstaube« von Pablo Picasso
© VG Bild-Kunst, Bonn 1989
Satz IBV Satz- und Datentechnik GmbH, Berlin
Druck und Bindung Ebner Ulm
Printed in Germany
2 4 5 3 1
ISBN 3-426-02880-8

365 Gedanken zum Frieden

Weisheiten aus drei Jahrtausenden

Nachdenklich gesammelt und
herausgegeben von Daniel Kleinworth

Dona nobis pacem

03/11

Knaur

»Wir brauchen eine Krieg-Erklärung gegen den Krieg«

Jean Paul

1

Was dem Frieden
die Wohltaten verfälscht und schmälert, ist eben,
daß er alte Krieg-Wunden zu verschließen und zu
neuen auszuholen hat. Wollte ein großer Staat nur
die Hälfte seines Krieg-Brennholzes zum Bauholz
des Friedens verbrauchen; wollt' er nur halb so viel
Kosten aufwenden, um Menschen, als um
Unmenschen zu bilden, und halb so viel, sich zu
entwickeln, als zu verwickeln: wie ständen die
Völker ganz anders und stärker da.

Jean Paul

2

Und nach abermals zwanzig Jahren
Kommen neue Kanonen gefahren. –
Das wäre kein Friede.
Das wäre Wahn.
Der alte Tanz auf dem alten Vulkan.
Du sollst nicht töten! hat einer gesagt.
Und die Menschheit hört's, und die Menschheit klagt.
Will das niemals anders werden?
Krieg dem Kriege!
Und Friede auf Erden.

Tucholsky

3

Wir brauchen Bücher, immer mehr Bücher! Durch das Buch, nicht durch das Schwert, wird die Menschheit die Lüge und Ungerechtigkeit besiegen, den endgültigen Bruderfrieden unter den Völkern erobern.

Emile Zola

4

Wer ruft zum Frieden, daß die Welt es hört, zu hören gezwungen ist? daß alle Völker darüber froh werden müssen? Der einzelne Christ kann das nicht ... Nur das eine große ökumenische Konzil der Heiligen Kirche Christi aus aller Welt kann es so sagen, daß die Welt zähneknirschend das Wort vom Frieden vernehmen muß und daß die Völker froh werden, weil diese Kirche Christi ihren Söhnen im Namen Christi die Waffen aus der Hand nimmt und ihnen den Krieg verbietet und den Frieden Christi ausruft über die rasende Welt ... Die Stunde eilt – die Welt starrt in Waffen ... die Kriegsfanfare kann morgen geblasen werden – worauf warten wir noch? Wollen wir selbst mitschuldig werden wie nie zuvor?

Dietrich Bonhoeffer

5

Weil offenbar ist,
ein wie furchtbares Übel ein Krieg in unserer Zeit ist, darf nichts unversucht bleiben, ihn zu verhindern. Insbesondere muß dies noch aus einem ethischen Grunde geschehen. Wir haben uns in den beiden letzten Kriegen grausiger Unmenschlichkeit schuldig gemacht und würden es in einem kommenden noch weiter tun. Dies darf nicht sein.

Albert Schweitzer

6

Die Zeit
ist ein kostbares Geschenk, uns gegeben, damit wir in ihr klüger, besser, reifer, vollkommener werden. Sie ist der Friede selbst, und Krieg ist nichts als das wilde Verschmähen der Zeit, der Ausbruch aus ihr in sinnloser Ungeduld.

Thomas Mann

7

Für eine Idee
braucht man keinen Krieg zu führen: Ideen kommen ohne Pulver und Blei durch die Welt.

Paul de Lagarde

8

Wer nicht streitet,
mit dem kann niemand in der Welt streiten.

Lao-tse

9

Siehe,
wir sehnen uns nach dir, du Gott und du Güte. So mache uns würdig, hier und für immerdar. Nur im Guten wohnet der Frieden!

Zarathustra

10

Höher als die Übung
steht das Erkennen, höher als das Erkennen die Meditation, höher als die Meditation die Entsagung in betreff des Lohnes der Werke; der Entsagung folgt der Friede auf dem Fuße.

Bhagavadgîtâ

11

Deinem Feinde
vergilt nicht Böses, dem, der dir Böses zufügt, vergilt Gutes! Deinem Feinde laß Gerechtigkeit widerfahren; gib Speise zu essen und Trank zu trinken; strebe nach Wahrheit und Frieden!

Gilgamesch-Epos

12

Man möge nicht glauben,
daß ich jeden Frieden empfehle! Ich weiß, es gibt eine Auflehnung, die sehr gut ist, und eine Versöhnung, die sehr schädlich ist. Ich empfehle einen Frieden, der gut ist, um des Guten willen geschlossen wird.

Gregor von Nazianz

13

Wenn
uns die Götter im günstigen Geschicke guten Sinn gäben, so würden wir nicht bloß das, was sich begeben *hat,* sondern auch das, was sich begeben *kann,* erwägen. Besser und sicherer ist ein gewisser Friede als ein gehoffter Sieg. Jener steht in deiner, dieser in der Götter Hand.

Titus Livius

14

Wir lehnen allen äußeren Krieg
und Streit sowie Kampf mit äußeren Waffen, gleich
zu welchem Zweck oder unter welchem Vorwand,
unbedingt ab.

Friedenszeugnis der Quäker (1660)

15

Diese Zuversicht des Weltfriedens,
als des Zwecks und des Sinnes der Weltgeschichte,
haben die Propheten erdacht, und an diesem
bezeugen sie sich als die wahrhaften Lehrer der
Nächstenliebe. Denn der Krieg ist der Satan der
Weltgeschichte ... Wer an den ewigen Frieden
glaubt, der glaubt an den Messias; nicht an den
einen, der gekommen wäre, sondern an den, der
kommen soll und kommen wird.

Hermann Cohen

16

Die Schöpfung zum Platzen zu bringen.
Da haben wir endlich eine Idee, die den Menschen gefällt: Unsere Antwort auf die Genesis.

Henri Michaux

17

Doch es ist ein ew'ger Glaube,
Daß der Schwache nicht zum Raube
Jeder frechen Mordgebärde
Werde fallen allezeit:
Etwas wie Gerechtigkeit
Webt und wirkt in Mord und Grauen,
Und ein Reich will sich erbauen,
Das den Frieden sucht der Erde.

Conrad Ferdinand Meyer

18

Der wahre Friede
wird gefunden, nicht indem man seinem eigenen Willen und seinen eigenen Begierden folget und dienet, sondern indem man ihnen widerstrebet.

Thomas von Kempen

19

Da,
wo die bloße Animalität den Ausschlag gibt, herrscht der Krieg. Solange der Mensch nicht zu sich selbst gelangt, hat er Krieg.

Hermann Kutter

20

»Friede mit euch!«
war der Gruß des Heilandes. Es ziemte sich allerdings für den höchsten Heiland, das höchste Heil im Gruße auszusprechen.

Dante

21

Wie
es der Psalmist zusammenfaßt: »Gerechtigkeit und Friede küssen sich« (Ps. 85,11). Und in diesem Kusse gewinnt die Leidensgeschichte der Menschheit ihren Sinn, und ein neues Leben beginnt.

Hans Kohn

22

Ich fürchte,
es sterben nur wenige gut, die in einer Schlacht umkommen; denn wie können sie irgendwas christlich anordnen, wenn sie bloß auf Blut gerichtet sind?

Shakespeare

23

Soll Friede denn auch blühen,
Müßt erst in Liebe glühen,
Erschließen euren Sinn;
Laßt euch die Worte mahnen,
Kehrt zu den alten Fahnen,
Getreuer wieder hin!
In stiller Brust genährt,
Muß Fried' und Demut wohnen,
Der alte Glaube thronen
Eh' Heil uns wiederkehrt.

Friedrich Schlegel

24

Die letzten Stichworte
in einem richtig geführten menschlichen Leben
müssen Friede und Güte heißen.

Hans Rudolf Hilty

25

Was mich erschreckt,
ist nicht die Zerstörungskraft der Bombe, sondern
die Explosivkraft des menschlichen Herzens zum
Bösen!

Albert Einstein

26

Wir strecken die Waffen
Nimm uns gefangen, Herr,
in den Frieden.

Rose Ausländer

27

Herr,
es ist genug geschlagen,
Angst und Ach genug getragen,
Gib doch nun etwas Frist, daß ich mich recht bedenke!
Gib, daß ich der Handvoll Jahre
Froh werd einst vor meiner Bahre!
Mißgönne mir doch nicht dein liebliches Geschenke!

Gryphius

28

Wenn
Menschen mit anderen Völkern in Eintracht leben
und nicht nach Macht über andere streben
und nicht trachten nach der Tiere und Pflanzen
Leben,
dann endlich wird es Frieden geben.

Michael Qureshi, 12

29

Es gibt doch viele Freuden
in unseres lieben Herrgotts seiner Welt! Wie viele
Freuden werden zertreten, weil die Menschen meist
nur in die Höhe gucken und, was zu ihren Füßen
liegt, nicht achten.

Elisabeth Goethe

30

Wenn sich's begibt,
daß zwei Ziegen einander begegnen auf einem schmalen Steg, der über ein Wasser geht, wie halten sie sich? Sie können nicht wieder hinter sich gehen, so mögen sie auch nicht neben einander hingehen, der Steg ist zu eng. Sollten sie denn einander stoßen, so möchten sie beide ins Wasser fallen und ertrinken. Wie tun sie denn? Die Natur hat ihnen gegeben, daß sich eine niederlegt und läßt die andere über sich hingehen; also bleiben sie beide unbeschädigt. Also sollte ein Mensch gegen dem andern auch tun und auf ihm lassen mit Füßen gehen, ehe denn er mit einem andern sich zanken, hadern und kriegen sollte!

Luther

31

Für Frieden
oder Krieg ist nicht der Ausdruck und die wortwörtliche Bedeutung entscheidend, sondern weit mehr die Handlungsweise der Menschen.

Heliodor

32

Die Begründung des Friedens
ist eine der vielfachen Entwicklungen der
Menschheit, die vom Zwang – durch rohe Gewalt –
zum Zusammenleben und zu gegenseitiger Duldung
führen, vom Egoismus zur Solidarität, vom Glauben,
Dogma und dem Fanatismus zur Wissenschaft, zum
freien Spiel der Hypothesen, dem Experimentieren
und der wechselseitigen Achtung unter Forschern,
ebenso: von den primitiven Vergewaltigungen zur
freien Familie, von dem ersten Tasten der Kunst im
Dienste von Riten und konventionellen Gebräuchen
zur Entfaltung der freien Kunst, von der
Sklavenmoral zur Moral der Freien, kurz eine
Entwicklung von der aufgezwungenen Autorität
unverletzlicher und stets vererbender Einrichtungen
zum Leben der Freiheit im Geist und im Herzen der
Menschen als einer Kraft, die alle ihre Handlungen
beseelt.

Max Nettlau

33

Auf diese Weise
hängt der innere Friede immer vom Menschen selbst ab; der Mensch braucht zu seinem Glücke im wahren Verstande nichts als ihn, und er braucht, um ihn zu besitzen, nichts als sich.

Wilhelm von Humboldt

34

Frieden kann sein
wie eine Wiese voller Blumen, wie spielende Kinder und wie ein fröhliches Lied.

Dominik Kahlke, 12

35

Der betriebstolle Lärm
der Stunde darf die vox humana, die zur Stimme gewordene Essenz des Menschlichen, nicht länger übertönen. – In ihren menschlichen Menschen müssen die Völker ins Gespräch kommen, wenn der Große Friede erscheinen und das verwüstete Leben der Erde erneuern soll.

Martin Buber

36

Nicht
nur um der menschlichen Interessen willen wollen wir uns gegen den Krieg auflehnen, sondern um auch Gott die Ehre zu geben, der die Menschen nicht dazu geschaffen hat, daß sie sich gegenseitig mit Gift und Bazillen ausrotten. Krieg dem Kriege! Vorwärts zu neuen weiten Menschheitszielen!

von Deimling

37

Der Krieg
hat seinen eignen gut geschmierten Mechanismus, der selbsttätig läuft; der Frieden aber hängt noch immer von dem guten Willen der Menschen ab.

Carl von Ossietzky

38

's ist Krieg!
's ist Krieg! O Gottes Engel wehre
Und rede du darein!
's ist leider Krieg – und ich begehre
Nicht schuld daran zu sein!

Matthias Claudius

39

Zwei verlorene Weltkriege sind eine schwere Hypothek. Wir sollten daraus lernen, daß auch die größten technischen Leistungen, die größte sogenannte »Tüchtigkeit«, der Glaube, daß man alles tun kann, wenn es nur Erfolg verspricht, daß dies nicht die richtige Weltanschauung sein kann. Wir müssen wieder Ehrfurcht vor dem Menschenleben haben. Es kann nicht der Sinn einer Weltordnung sein, das, was eine jahrtausendelange Entwicklung dem Menschen in die Hand gegeben hat, dazu zu verwenden, den Menschen selbst wieder zu vernichten.

Otto Hahn

40

Ein alter Trottel, der die Tränen nicht halten und nachts nicht schlafen kann, wenn er an Hiroshima denkt.

Franz Josef Strauß über Otto Hahn

41

Jeder Christ
kann die Raketen mit seinem Gewissen vereinbaren,
wenn er an die Kreuzzüge denkt.

Helmut Ruge

42

Sünde und Übel
sind in der Welt, und die Schrift, aber auch der Herr Jesus Christ rufen uns auf zum Widerstand. Wer verlangt, daß das Nuklear-Arsenal weltweit eingefroren wird, der ignoriert die aggressiven Instinkte eines bösen Imperiums.

Ronald Reagan

43

Ausgerechnet die
beziehen sich jetzt ständig auf die Bergpredigt, die ansonsten mit dem Evangelium gar nichts im Sinn haben.

Heiner Geißler

44

Gott
ist immer mit den stärksten Bataillonen.

Friedrich der Große

45

Die Nachrüstung
ist mit christlichen Grundsätzen vereinbar.

Bischof Johannes Dyba

46

Wenn
man die im Hirtenwort »Gerechtigkeit schafft Frieden« der deutschen Bischöfe genannten Kriterien zugrunde legt, kann man die Aufstellung neuer Raketen nicht bejahen.

Weihbischof Walther Kampe

47

Die Dinosaurier
sind ausgestorben, weil sie sich in eine falsche Richtung entwickelt haben – zu viele Panzer, zu wenig Hirn.

Bischof Franz Kamphaus

48

Wenn man den Namen Jesu
auch nur erwähnt, dann kann man nicht ja sagen zur Vernichtung der Menschen, nicht mehr mit dieser Vernichtung drohen, nicht mehr sie vorbereiten.

Heinrich Albertz

49

Es werden bald Zeiten kommen,
wo eine Kaserne genauso wichtig ist wie eine Kirche. Es muß sichergestellt werden, daß in Zukunft das Wort Gottes noch in Freiheit verkündet werden kann.

Franz Josef Strauß

50

Der Besitz von Atomwaffen
ist eine sittliche Aufgabe, um den unsittlichen
Gebrauch dieser Waffen auszuschließen.

Ronald Reagan

51

Wenn man die Großkopfigen
reden hört, führens die Krieg nur aus Gottesfurcht
und für alles, was gut und schön ist. Aber wenn man
genauer hinsieht, sinds nicht so blöd, sondern führn
die Krieg für Gewinn.

Brecht

52

Hören Sie denn nicht,
was so viele aus den Kirchen heraus fordern, was
Tausende von Ärzten, von Philosophen, von
Naturwissenschaftlern, was über 30 Nobelpreisträger
erst vor wenigen Tagen gefordert haben? Was
Carl-Friedrich von Weizsäcker erst am vergangenen
Wochenende so eindringlich empfohlen hat? Meine
Freunde und mich bewegen diese Botschaften
zutiefst. Botschaften wie die des Wiener Erzbischofs
Franz Kardinal König, der uns mit den Worten
aufrüttelt: »Wir reden vom Krieg, wie die Menschen
seit Jahrhunderten vom Krieg geredet haben …
Aber ist das, was uns heute … in aller Furchtbarkeit
droht, nur Krieg? … Im Krieg hat es immer
Vernichtung gegeben. Aber immer ist noch jemand
da gewesen, um nachher zu weinen, zu klagen, die
Toten zu bestatten und wieder neu anzufangen über
Trümmern, Schutt und Rauch. Doch nach der
totalen Vernichtung wird es niemand mehr geben,
der klagen kann und neu beginnen. Der Mensch
kann sich das nicht vorstellen … Darum nennt er
immer noch Krieg, was nicht Krieg ist.« Geht Ihnen
das nicht unter die Haut? Und das alles frage ich
nicht nur Sie, Herr Bundeskanzler. Das frage ich Sie
alle, das frage ich uns alle!

Hans-Jochen Vogel

53

Nicht Sieg,
sondern Kriegsverhütung ist die Aufgabe. Ich argumentiere auch für diese moralische Forderung technisch. Wenn Friede bleibt, werden die Nuklearwaffen doch weiter dasein, physisch und, selbst wenn sie alle verschrottet würden, intellektuell; man wird wissen, wie man sie wieder machen kann.

Carl Friedrich von Weizsäcker

54

Erziehen wir
totale und produktive, glühende und kräftige, schaffende und liebende Menschen, die müssen dann friedlich sein! Pazifistische Erziehung ist ein Pleonasmus. Erziehung! Wahre Erziehung, für alle, in jedem Volk! Das ist die Friedensidee!

Paul Oestreich

55

Dem Kriege opfert man
den Reichtum der Völker und Millionen
Menschenleben. Auch die Wissenschaft und die
Kultur.

Konstantin Georgijewitsch Paustrowski

56

Was
wollen die Feinde der Menschheit tun gegen die
Forderung nach Wahrheit und Gerechtigkeit der
vielen hundert Millionen der Welt, gegen ihren
aktiven Kampf für den Frieden?

Bernhard Kellermann

57

Ich weiß genau,
daß es zu Zeiten notwendig ist, Absatzgebiete in Schlachtfelder zu verwandeln, damit aus diesen wieder Absatzgebiete werden. Aber eines trüben Tages sieht man heller und fragt, ob es denn richtig ist, den Weg, der von Gott wegführt, so zielbewußt mit kleinem Schritte zu verfehlen.

Karl Kraus

58

Die Friedensgöttin
ist eine anspruchsvolle Geliebte, anspruchsvoller als die des Krieges.

Aristide Briand

59

Es ist ein Gebot
der rechten Vernunft, den Frieden zu suchen, sobald eine Hoffnung auf denselben sich zeigt.

Thomas Hobbes

60

Wenn es Pflicht ist,
wenn zugleich begründete Hoffnung da ist, den Zustand eines öffentlichen Rechts, obgleich nur in einer ins Unendliche fortschreitenden Annäherung wirklich zu machen, so ist der ewige Friede, der auf die bisher fälschlich so genannten Friedensschlüsse (eigentlich Waffenstillstände) folgt, keine leere Idee, sondern eine Aufgabe, die nach und nach aufgelöst, ihrem Ziele (weil die Zeiten, in denen gleiche Fortschritte geschehen, hoffentlich immer kürzer werden) beständig näher kommt.

Kant

61

Außerdem ist es falsch,
eine Sache mit dem Schwert zu erledigen, wenn man auch mit Klugheit und Umsicht zum Ziele kommen kann.

Cervantes

62

Frieden
fördre indes die Felder. Der strahlende Friede
War's, der zum Pflügen den Stier zwang ins gebogene Joch.
Friede nur nährte die Reben
und barg dann den Saft aus der Traube,
Daß auch des Vaters Krug Wein noch geliefert dem Sohn;
Hacke und Pflugschar erglänzt im Frieden – das traurige Werkzeug
Harter Krieger jedoch deckt dann im Dunkeln der Rost.

Tibull

63

Sie werden ihre Schwerter
zu Pflugscharen schmieden
und ihre Spieße zu Rebmessern.
Kein Volk wird wider das andre das Schwert erheben,
und sie werden den Krieg nicht mehr lernen.

Jes. 2,4

»Wir werden daran gemessen werden, wie wir dem Frieden dienen«

Willy Brandt

64

Wege der Gefahr:
Der Dritte Weltkrieg ist wahrscheinlich. Eine Politik, die verhindert, ist möglich und wird heute versucht. Diese Politik stößt auf Hindernisse, die in gesellschaftlichen Strukturen wurzeln. Die Überwindung der Hindernisse erfordert einen umfassenden Bewußtseinswandel. Die kriegsverhütende Politik muß so geführt werden, daß sie den Bewußtseinswandel erleichtert und nicht erschwert.

Carl Friedrich von Weizsäcker

65

Was ist das für ein Zustand,
dieses Gleichgewicht aus Angsthaben und
Angstmachen? Das ist eine Schraube ohne Ende.

Erhard Eppler

66

Die bewegende Kraft,
die in der Unruhe und in der gemeinschaftlich
erlebten Unruhe vieler unserer Mitbürger erkennbar
geworden ist, muß als Ansporn und auch als
moralische Verpflichtung verstanden werden. Es
handelt sich um eine große und positive moralische
Kraft und wir müssen uns hier der Gefahr bewußt
sein, daß die von dem Schrecken eines nuklearen
Holocaust geängstigten Bürger bald nicht mehr
verstehen können, warum sich Verhandlungen über
praktische Abrüstungsschritte über endlose Jahre
hinziehen.

Helmut Schmidt

67

Das Furchtbarste an jedem Krieg
ist der Umstand, daß die Menschen ihn wie ein
Naturereignis – etwa wie einen Blitzschlag, ein
Erdbeben, eine Springflut – hinzunehmen pflegen,
während er in Wirklichkeit ein mit ihrer eigenen
Duldung und Mithilfe von Menschenhand
vorbereitetes Unternehmen ist, bei dem man den
Initiatoren und Managern auch noch die sichersten
Plätze reserviert.

Graff

68

Worüber
sich die Westdeutschen klarwerden müssen, das ist,
daß ihr Kulturkreis völlig verwüstet werden wird,
wenn sie weiterhin an der Nato-Strategie festhalten.

Robert Mc Namara

Alle Länder und alle Völker, die ganze Welt und die Menschheit brauchen einen dauerhaften Frieden, der auf Vertrauen und Recht baut. Sie brauchen einen wahren Völkerfrieden, der die Schwierigkeiten aus einer zwischenstaatlichen, europäischen und internationalen Sicht löst. Ein solcher Frieden kommt nicht als Geschenk von einzelnen großen Männern. Die »großen« Männer, die es übernommen hatten, für die Völker zu handeln, haben sie in Elend und Krieg geführt. Völkerfrieden ist nicht nur Frieden für die Völker, sondern ebensosehr Frieden durch die Völker. Sie können nicht Diktatoren vertrauen, die ihnen ein »neues Europa« versprechen, und auch nicht neuen Wilsons, die es nicht fertigbringen, die »neue Welt« zu schaffen, von der sie sprechen.

Willy Brandt

70

Halten wir uns alles vor Augen,
was dem Volke willkommen und angenehm ist: wir
werden finden, daß nichts so populär ist wie
Frieden, Eintracht und Ruhe.

Cicero

71

Wenn es dem Staate frei
und in unsrer Macht steht, den Frieden zu halten, so
müssen wir ihn halten.

Demosthenes

72

Unsere Gesamtkultur
muß in der Gegenwart Stellung nehmen zu dem
Problem des Staates; sollte es da der Pazifismus
nicht auch müssen? Bejahung oder Verneinung des
Staates – das eine wie das andere wird
ausschlaggebend sein für den Frieden oder Krieg in
Gegenwart wie Zukunft. So lange in dieser
Beziehung die meisten pazifistischen Organisationen
den Staat in irgendeiner Form bejahen, ist es für die
Bekämpfung des Krieges durchaus gleichgültig, ob
sie in einer pazifistischen Organisation vereinigt sind
oder nicht: der Krieg wird unaufhaltsam näher
kommen und ausbrechen!

Pierre Ramus

73

Die Staaten vereinigen die Menschen, damit durch diese und in dieser Vereinigung jeder einzelne Mensch seinen Teil von Glückseligkeit desto besser und sichrer genießen könne. – Das Totale der einzelnen Glückseligkeiten aller Glieder ist die Glückseligkeit des Staats. Außer dieser gibt es gar keine. Jede andere Glückseligkeit des Staats, bei welcher auch noch so wenig einzelne Glieder leiden und leiden müssen, ist Bemäntelung der Tyrannei. Anders nichts!

Lessing

74

Bei jedem Friedensschluß versichern die Staatsmänner, daß alles getan werde, um zu verhindern, daß jemals wieder ein Krieg ausbräche. In den Friedensverträgen aber legen sie jedesmal neue Keimzellen dazu.

Karl Peltzer

75

Meine Kinder verwehte der Krieg;
Wer bringt sie mir wieder?
Beim Klange der Lieder
Feiern Fürsten und Herren den Sieg.
Sie freun sich beim Friedensschmaus,
Die müß'gen Soldaten fluchen –
Ich ziehe am Stabe hinaus,
Mein Vaterland suchen.

Ricarda Huch

76

In jedem Krieg
vertreten die Kinder, die ihn noch nicht begreifen,
allein die Würde der Menschheit.

Graff

77

Wenn Heiraten Frieden stiften können,
so sollte man den Großen die Vielweiberei
erlauben.

Lichtenberg

78

Der Krieg entblößt
alle schwachen Seiten der Regierung, der Krieg reißt
die falschen Aushängeschilder herunter, der Krieg
offenbart die innere Fäulnis ...

Lenin

79

Statt den Militarismus,
der das Land ins Unglück gestürzt hat, zu entfernen,
päppeln sie ihn wiederum hoch und werden ihm
bald die Möglichkeit geben, das Land in noch
größeres Unglück zu stürzen.

Siegfried Jacobsohn

80

Was immer
die heute Mächtigen tun mögen, sie können die
Sehnsucht nach Frieden in den einfachen Menschen
des Erdballs nicht ersticken.

Michael Scheer

81

Die Pazifisten
werden erst dann das politische Vertrauen der Massen erobern, wenn sie, nach den Worten der Bibel, nicht nur sanft sind wie die Tauben – sondern auch klug wie die Schlangen; wenn sie nicht nur edler in den Zielen – sondern auch geschickter in den Mitteln sind als ihre militaristischen Rivalen.

Richard Coudenhove-Kalergi

82

Wer sehen will,
ob ein Friede für die Dauer ist oder sicher, muß unter anderem untersuchen, wer damit unzufrieden ist, und was aus dieser Unzufriedenheit entstehen könnte.

Machiavelli

83

Ich teile die Hoffnung
und den Wunsch nach dauerndem Frieden, aber die ausgesprochene Zuversicht teile ich nicht.

Moltke

84

Große Monarchen
erzeugtest du, und bist ihrer würdig,
Den Gebietenden macht nur der Gehorchende
groß.
Aber versuch es, o Deutschland, und mach es
deinen Beherrschern
Schwerer, als Könige groß, leichter, nur Menschen
zu sein.

Schiller

85

Und wenn noch einmal
ein größenwahnsinnig gewordenes Beamtentum und
eine Clique geldgieriger Kanonenfabrikanten,
Brotwucherer, reklamierter Redakteure, abgedankter
Fürstlichkeiten mit ihren eitlen, ruhmsüchtigen
Frauen zum Kriege hetzen, dann möge der
anständigere Teil der deutschen Nation, dann möge
die gesamte Arbeiterschaft wie ein Mann aufstehen,
ihnen Helm und Fahne aus der Hand schlagen und,
belehrt durch Blut, gehärtet durch Leid, in den Ruf
ausbrechen: Nie wieder Krieg!

Tucholsky

86

Der Krieg
ist nichts anderes als eine Fortsetzung des
politischen Verkehrs mit Einmischung anderer Mittel.

Clausewitz

87

Sich fernzuhalten ist leicht.
Beiseite zu stehen, sich auf die Ereignisse verlassen
oder nur energische, leidenschaftliche, von heißester
Vaterlandsliebe durchdrungene Reden zu halten,
sogar vom Frieden mit Wärme und Liebe zu
sprechen, das alles ist leicht. Aber wirklich auf den
Frieden zuzugehen, eine ehrliche Gebärde zu
versuchen, das ist schwieriger, und es ist immer für
den Politiker, der dieses wagt, gefährlich.

Aristide Briand

88

Als ich bald nach der Niederlage nach Berlin kam und jene Kameraden in der Bendlerstraße besuchte, da konnte ich mich vor Erstaunen nicht fassen, als ich sie wieder an den langen Tischen sitzen sah. ›Was‹, rief ich aus, ›noch immer da oder schon wieder da?‹ – ›Beides‹, antworteten sie – als sei der Weltkrieg nur eine ganz kurze Unterbrechung ihrer zielbewußten Arbeit gewesen. ›Was macht ihr denn eigentlich?‹ – ›Wir studieren die Fehler, die im Ersten Weltkrieg begangen wurden und die im Zweiten Weltkrieg vermieden werden müssen‹.

Alfons Falkner von Sonnenburg

89

Nicht der Krieg ist der Ernstfall, in dem der Mann sich zu bewähren habe, wie meine Generation in der kaiserlichen Zeit auf den Schulbänken lernte, sondern der Friede ist Ernstfall, in dem wir alle uns zu bewähren haben. Hinter dem Frieden gibt es keine Existenz mehr.

Gustav Heinemann

90

Den meisten
liegt nicht der Friede, sondern die Parteisucht am Herzen.

Matthias Claudius

91

Wir befinden uns in einer Zeit
großer Unsicherheit über den Fortbestand unserer Leistungs- und Wachstumsgesellschaft. Zweifel an der Gültigkeit der überlieferten Wertordnung sowie Ängste vor Krieg und der Vernichtung der Umwelt haben das kritische Bewußtsein vieler jüngerer Menschen geschärft.

Manfred Wörner

92

Die junge Generation
wird durch immer höhere Raketenzäune quer durch Deutschland die Hoffnung auf Wiedervereinigung vollends verlieren. Auch ohne Krieg wird Deutschland im Interesse der beiden Supermächte durch die ewige Nachrüsterei atomar verseucht.

Franz Alt

93

Die Jugend
in vielen unserer Länder versteht nicht, warum wir, die Älteren, mit den Problemen des wissenschaftlich dominierten Zeitalters nicht fertig werden. Nicht Gewalt, allein Vernunft kann darauf eine Antwort geben.

Willy Brandt

94

Der deutsche Pazifismus
war immer illusionär, verschwärmt, gesinnungsbesessen, argwöhnisch gegenüber den Mitteln der Politik, argwöhnisch gegen die Führer, die sich dieser Mittel bedienten ... Und da gerade liegt das Entscheidende: Der Pazifismus muß politisch werden und nur politisch. Die notwendigste Idee unserer Zeit darf nicht zum Steckenpferd kleiner Prinzipienjockeys werden. Der Weg zum Volk muß gefunden werden.

Carl von Ossietzky

95

Wir sind
trotz der dichten Besiedlung der Bundesrepublik und trotz ihrer exponierten militärisch-geographischen Lage ... bereit, die damit verbundenen Belastungen auf uns zu nehmen und die dabei sich ergebenden Risiken vor unserem eigenen Volke zu vertreten.

Franz Josef Strauß

96

Es gibt Politiker,
die sind zu nichts fähig. Es gibt andere, die sind zu allem fähig.

Werner Grunert

97

Kurz erledigte
die Frage der in Deutschland sehr bekannte und auf die Jugend einflußreiche General Keim: »Die Friedensbewegungen und die Arbeiten und Reden zu Friedenskonferenzen sind ein großer Mumpitz.«

Franz Carl Endres

98

Jeder kommende Krieg
ist zugleich ein Sklavenaufstand der Technik.

Walter Benjamin

99

Das Rätsel
dieses Weltkrieges löst sich, wenn man die Seele
und die Gehirne unserer leitenden deutschen
Militärs kennt.

Kurt Eisner

100

Wer den Militarismus will,
darf sich nicht über die Greuel des Krieges
beschweren. Ein Übel gebiert mit
Naturnotwendigkeit das andere. Im ganzen aber
kann man mit Freuden konstatieren, daß die
bürgerliche Friedensbewegung sich geistig über die
deutsche Sozialdemokratie hinaus entwickelt hat.

8. Deutscher Pazifistenkongreß

101

Der Friede ist die stärkste Forderung
dieses Geschlechts. Er ist seine einzige wirkliche
Leidenschaft. Das kommt aber, weil der Friede fast
nie so inhaltreich gewesen ist wie gerade jetzt. Der
Krieg war in der ganzen Geschichte nicht wirklich
verboten: erst in unseren Tagen ist er es.

Heinrich Mann

102

Unselig sind die Friedfertigen –
sie werden von ihren Feinden niedergeschlagen,
von den Staatsanwälten eingebuchtet, von der
unwissenden Menge als Schwächlinge verspottet.
Aber wenn sie unter sich sind, dann fressen sie sich
gegenseitig auf.

Carl von Ossietzky

103

Hat sich die Bundesregierung
eigentlich Gedanken darüber gemacht, wie vielen Menschen in unserem Lande zumute sein wird, wenn sie trotz in der Geschichte beispielloser friedlicher Kundgebungen nicht ein Stück des Nachdenkens bei den Regierenden erzeugt haben? Ich finde, es ist kein Ruhmesblatt derer, die sich für eine politische Elite halten mögen, wenn sie in einer existentiellen Frage wie der des Wettrüstens hinter der Einsicht des Volkes zurückbleiben.

Willy Brandt

104

Die Majorität
hat gewöhnlich keine Neigung zum Kriege. Der Krieg wird durch Minoritäten oder in absoluten Staaten durch Beherrscher oder Kabinette entzündet.

Bismarck

105

Kein Friedensschritt
kann geschehen, wenn er nicht vom Willen und Verständnis vieler Menschen gefordert und getragen wird.

Carl Friedrich von Weizsäcker

106

Dieses
sittliche Verantwortungsbewußtsein zu wecken, die Überzeugung von der Sinnlosigkeit jedes Krieges zu fördern, und zur Verweigerung jeder Teilnahme an ihm aufzufordern, das scheint mir eine der Aufgaben, die unsere pazifistische Organisation »Deutsches Friedenskartell« innerhalb unserer gemeinsamen Aktion erfüllen kann.

Helene Stöcker

107

Ich sehe es
als höchste patriotische Pflicht an, den Krieg als den Gipfel des Unsinns und der Brutalität, als schlimmstes Hindernis der Kultur und der Wohlfahrt der Menschheit zu bekämpfen.

Friedrich Bloh

108

Es ist offenbar,
daß ein allgemeiner Frieden am zuträglichsten ist für das, was zu unserm Wohlergehen angeordnet ist, also wie es den Hirten aus der Höhe erscholl, nicht Reichtümer, nicht Wollüste, nicht Ehren, nicht langes Leben, nicht Gesundheit, nicht Stärke, nicht Schönheit, sondern Friede.

Dante

109

Der Friede beginnt im eigenen Hause. Der Weltfriede beginnt mit dem inneren Frieden der Staaten. Im innerpolitischen geistigen Kampf um die Herrschaft muß die Gesinnung der Friedlosigkeit, die die Gewalt wollen würde, wenn sie nur könnte, verschwinden. Denn die Friedlosigkeit der Innenpolitik macht auch den Frieden in der Außenpolitik unmöglich.

Karl Jaspers

110

Die Not ist die Mutter der Habsucht und die Habsucht die Mutter der Kriege. Der Krieg aber ist der Vater der Steuern, der Schwersten Last in diesem verfluchten Leben.

Gregor von Nazianz

111

Wenn
man einen ewigen Frieden stiften will, muß man sich in eine ideale Welt begeben, wo das Mein und Dein nichts gelten, wo Fürsten, Minister und Untertanen von keinen Leidenschaften beherrscht werden und nur nach Vernunft gehandelt wird.

Friedrich der Große

112

Wir glauben,
daß für die Fragen, die die Menschheit bewegen, andere Mittel notwendig sind als Hypothekenbanken, Kreditverkehr, Arbeitssyndikat, Mustergemeinden. Vor allem muß gesagt werden, daß jedes System solange leere Utopie bleibt, wie es bemüht sein wird, soziale Fragen auf friedlichem Wege zu lösen und niemanden dabei zu verletzen.

Adam Mickiewicz

Wir stimmen
mit der Friedensbewegung durchaus nicht in allen Punkten überein. Aber sehen Sie wirklich nicht, daß es sich hier um eine der breitesten und engagiertesten Bewegungen der Gegenwart handelt, und zwar weit über unsere Grenzen hinaus? Bleiben Sie bei Ihrer Aussage, die Friedensbewegung gäbe es gar nicht? Spüren Sie nicht, wie sich das Bewußtsein unseres Volkes gegenüber den tödlichen Gefahren des atomaren Rüstungswettlaufs in den letzten beiden Jahren verändert hat? Wie die Menschen nicht mehr bereit sind, den Wahnwitz einer Weltordnung länger schweigend hinzunehmen, die wohl Raketen und Waffen in wenigen Stunden in den letzten Winkel der Erde zu schaffen vermag, die aber nicht fähig ist, Reis oder Brot zu denen zu bringen, die zu Millionen Hungers sterben? Wie die Zahl der Menschen steigt, die sich weigern, den Krieg oder gar die völlige Vernichtung weiterhin als Mittel der Politik zu akzeptieren? Wie Bewußtsein, wie der Wille, die Verhältnisse zu ändern, wie die Erkenntnis der eigenen Mitverantwortung an die Stelle bewußtloser Gleichgültigkeit getreten ist?

Hans-Jochen Vogel

»Friede ist niemals durch Koexistenz, sondern nur in Kooperation«

Karl Jaspers

114

Diese Güter
sind den Staaten als die hauptsächlichsten zu wünschen: Friede, Freiheit, Eintracht.

Inschrift am Hohen Tor zu Danzig

115

Es gibt heute
nicht viele Menschen in Europa, die glauben, man brauche nur dorthin zurückzukehren, wo dieser Krieg anfing oder wo der vorige aufhörte. Das Rad der Geschichte kann ohne ernste Konsequenzen nicht über längere Zeit zurückgedreht werden. Der Weg zurück führt zu neuen Kriegen. Die Zukunft der Menschheit hängt davon ab, ob es ernsthaft gelingt, die Barbarei des Dreißigjährigen Krieges zu überwinden.

Willy Brandt, 1939

116

Was für Realisten,
die mit Waffen spielen, welche zur Zerstörung fast der ganzen modernen Zivilisation, wenn nicht gar der Erde selbst führen können! Wenn ein einzelner so etwas täte, würde er sofort hinter Schloß und Riegel gesetzt, und wenn er noch stolz wäre auf seinen Realismus, dann würden die Psychiater dies als ein weiteres und ziemlich ernstes Symptom von geistiger Erkrankung ansehen.

Erich Fromm

117

Das Reich des Friedens
wollen wir zur Erde tragen, den Unterdrückten aller
Länder Freiheit bringen – wir müssen um das
Sakrament der Erde ringen!

Ernst Toller

118

Friede macht Reichtum,
Reichtum macht Übermut, Übermut bringt Krieg,
Krieg bringt Armut, Armut macht Demut, Demut
macht wieder Frieden.

Johann Geiler von Kaysersberg

119

Die Meinung,
der Friede sei für immer durch eine gegenseitige
technische Drohung zu sichern, schien mir von
Anbeginn absurd zu sein; der Friede bedarf der
Sicherung durch feste politische Strukturen.

Carl Friedrich von Weizsäcker

120

Stoff zu künftigen Kriegen
bleibt da erhalten, wo bei einer Neugestaltung der Verhältnisse nach einem Kriege nicht das geschichtlich Gegebene in Betracht gezogen und eine im Sinne desselben sachliche und gerechte Lösung erstrebt wird. Denn nur diese kann die Gewähr des Dauerhaften in sich tragen.

Albert Schweitzer

121

Kriege,
was auch immer ihr Ziel sein mag, schaden der ganzen Menschheit; ... die Jahrhunderte der Barbarei, da alles zugrunde geht, werden immer durch Kriege vorbereitet und bringen in ihrem Gefolge Hungersnot und Entvölkerung.

Georg Forster

122

Denn ich glaube
an den Frieden als oberstes Gebot und höchste Notwendigkeit, als Voraussetzung für jede wirkliche und redliche Pflichterfüllung der Völker, der Menschheit.

Thomas Mann

123

Den Frieden
zwischen zwei benachbarten Nationen zu stören, das ist eine große Ruchlosigkeit, zu der man gar keinen Grund hat.

Bismarck

124

Begünstigt werden die Kriege
durch die systematisch genährten Vorurteile des
einen Volkes gegen das andere.

Lenin

125

Der Nationalhaß
vertritt bei dem einzelnen gegen den einzelnen mehr oder weniger stark die individuelle Feindschaft. Wo aber auch dieser fehlt und anfangs keine Verbitterung war, entzündet sich das feindselige Gefühl am Kampfe selbst; denn eine Gewaltsamkeit, die jemand auf höhere Weisung an uns verübt, wird uns zur Vergeltung und Rache gegen ihn entflammen.

Clausewitz

126

Der wahre Kern
des falschen Militarismus ist die Betonung eines starken Schutzes. Nun kommt der Militarismus nach echter Versucherart als Engel des Lichtes daher, nie tritt er vor die Menschen und Völker mit der Maske des Bösen, sondern des Guten, des Erlaubten, Berechtigten, Notwendigen, Harmlosen. Die Maske verhüllt sein wahres, drohendes, gewaltlüsternes Gesicht und zeigt ein ruhiges, würdiges schönes. Er spricht: ›Ich bin die Wehrmacht. Sich wehren heißt nichts anderes als sich verteidigen, wenn man angegriffen wird. Ich bin der Engel der Verteidigung. Jede Flinte, jede Kanone, jedes Flugzeug, jeder Soldat, jeder General, jedes Kriegsministerium hat ausschließlich Wehr-, d. h. Verteidigungscharakter. Wer wagt es, das Recht der Verteidigung zu bestreiten? Nur ein Narr! Also her mit den Verteidigungsmitteln.‹

Franziskus-Maria Stratmann

127

Nicht umsonst
führen die Staaten mit Vorliebe ein Raubtier im Wappen.

Carl Spitteler

128

Sicherheit
macht Frieden krank,
Zu sichre Sicherheit.

Shakespeare

129

Wie wir sehen,
beugt das System des Gleichgewichts den Kriegen keineswegs vor.

Abbé Castel de Saint-Pierre

130

Wie der Mensch
nur dann seine Nebenmenschen kennt, wenn er sich selbst erforscht, und nur dann sich selbst ganz kennenlernt, wenn er andere erforscht; wie er dann nur andern nützt, wenn er sich selbst in Ordnung hält, und nur dann glücklich sein wird, wenn er andern nützlich ist, so wird ein Volk nur dann glücklich und frei sein, wenn es Sinn für das Wohl und die Freiheit und den Ruhm anderer Völker hat, und es wird hier wiederum diesen edlen Sinn nur dann erfolgreich betätigen können, wenn es erst seinen eigenen Haushalt tüchtig geordnet hat.

Gottfried Keller

131

Es soll kein Friedensschluß
für einen solchen gelten, der mit dem geheimen Vorbehalt des Stoffs zu einem künftigen Kriege gemacht worden.

Kant

132

Um den Frieden zu sichern,
muß man Europa organisieren.

Aristide Briand

133

Die Bedingungen
für den neuen Frieden müssen in den einzelnen Ländern geschaffen werden. Dort kommt es darauf an, ob die Menschen jene Kräfte unterstützen, die sich für den geschichtlichen Fortschritt einsetzen, oder ob sie sich denen anschließen, die auf den Untergang Europas und den Sieg der Barbarei hinarbeiten. Zum Kampf für den neuen Frieden gehört der Kampf gegen Reaktion und Unterdrückung in jedem einzelnen Land. Die Arbeit für eine neue nationale Gesellschaft bildet die Grundlage eines neuen Europa und einer neuen Welt.

Willy Brandt

134

Um den internationalen Frieden
zu sichern, müssen vorerst alle vermeidlichen
nationalen Reibungen beseitigt, muß jedes Volk
unabhängig und Herr im eignen Hause sein.

Friedrich Engels

135

Krieg ist eigentlich,
sobald eine rücksichtslos nationalistische Herrschaft
sich irgendwo einrichtet.

Heinrich Mann

136

Je mehr die Menschheit fortschreitet,
desto mehr verlieren die Nationen von dem, was
ehemals ihren Nationalcharakter ausmachte. Je
ungeselliger ein Volk ist, desto mehr erhält es seinen
Nationalcharakter, aber desto unvollkommener
bleibt sein Nationalzustand. Es geht den Völkern wie
den Individuen, die durch Abgeschlossenheit
Sonderlinge werden.

Wieland

137

Was aber die Nationen hindert,
einander zu vertrauen, sich aufeinander zu stützen,
ihre Besitztümer und Kräfte wechselweise mitzuteilen
und zu genießen, sind nur mittelbar Fragen der
Macht, des Imperialismus und der Expansion: im
Kerne sind es Fragen der Wirtschaft. Verschmilzt die
Wirtschaft Europas zur Gemeinschaft, und das wird
früher geschehen, als wir denken, so verschmilzt
auch die Politik. Das ist nicht der Weltfriede, nicht
die Abrüstung und nicht die Erschlaffung, aber es ist
Milderung der Konflikte, Kräfteersparnis und
solidarische Zivilisation.

Walther Rathenau

138

Wenn uns die ganze Geschichte erzählt, daß die Menschen leichter und länger in ganzen Scharen und Schwärmen sich beflecken als sich heiligen: wenn Krieg, Seeräuberei, Knechtschaft, Parteiwut tausend Herzen auf einmal und auf lange besetzen, indes die Tugenden wie Engel nur Einzelne begleiten: so hätten die Heere des Teufels längst die zerstreueten Engel und das Glück der Erde überwältigt und eingeschattet, wenn nicht ein unbekannter, Weltteile, Zeiten und Völker ordnender Geist dazwischen wehte, welcher bisher gerade umgekehrt ein wachsendes Heil aus dem weiten Unheil entwickelte. So steht ausgebreitet das salzige, schmutzige Meer über der Erde; aber reines Wasser steigt daraus gen Himmel, fällt auf Berge zurück und steigt aus der Erde auf und tränkt und trägt mit reinen Strömen die Menschen.

Jean Paul

139

Im Namen des Friedens haben große Staaten mächtige Bündnisse miteinander geschlossen. Um den Frieden besser zu wahren, haben sie in bisher unbekanntem Grade ihre Militärmacht entwickelt und fahren fort, sie zu verstärken, ohne von irgendeinem Opfer zurückzuschrecken. Alle ihre Bemühungen haben dennoch noch nicht das segensreiche Ergebnis der ersehnten Friedensstiftung zeitigen können. Da die finanziellen Lasten eine steigende Richtung verfolgen und die Volkswohlfahrt an ihrer Wurzel treffen, so werden die geistigen und physischen Kräfte der Völker, die Arbeit und das Kapital zum großen Teile von ihrer natürlichen Bestimmung abgelenkt und in unproduktiver Weise aufgezehrt.

Graf Murawjow, 1898

140

Ein arabisches Sprichwort sagt:
»Der Frieden kommt durch Verständigung, nicht durch Vereinbarung.« Vereinbarungen werden leichter gebrochen als getroffen, aber eine Verständigung hat Bestand.

Hussein von Jordanien

141

Der Friedenszustand
ist allein der unter Gesetzen gesicherte Zustand des Mein und Dein in einer Menge einander benachbarter Menschen.

Kant

142

Der Weltfriede
kann nicht gesichert werden durch utopische Pläne.

Rosa Luxemburg

143

Und wenn
es keine Grenzen mehr gibt, kann es auch keinen Krieg mehr geben.

Örkény

144

In alter Zeit
befestigte man Pässe, um Gewalttat abzuhalten. Heutzutage befestigt man sie, um selbst Gewalttat zu üben.

Mong Dsi

145

Niemals muß man gewissenhafter auf Posten stehen, als wenn der Feind so tut, als wolle er Frieden schließen; nie haben wir ihn weniger zu fürchten, als wenn er uns offen angreift.

Erasmus von Rotterdam

146

Was wir Frieden nennen, ist meist nur ein Waffenstillstand, in dem der Schwächere so lange auf seine Ansprüche verzichtet, bis er eine Gelegenheit findet, sie mit Waffengewalt von neuem geltend zu machen.

Vauvenargues

147

Wir tragen eben den Frieden
wie ein Gewand, an dem wir vorn flicken, während
es hinten reißt.

Wilhelm Raabe

148

Der Ruhm des Vaterlandes
kann zu unserer Zeit schwerlich mehr jener wilde
Eroberungsgeist sein, der die Geschichte Roms und
der Barbaren, ja mancher stolzen Monarchien wie
ein böser Dämon durchstürmte.

Herder

149

Der »kalte Krieg«
ruiniert Amerika physisch und moralisch, darum bin
ich gegen ihn – und nicht »gegen Amerika«.

Thomas Mann

150

Und ich zögere nicht
zu sagen, daß nicht nur in Moskau, sondern auch in
Washington in den letzten Jahren einige schlimme
Reden gehalten und schlimme Drohungen
ausgestoßen worden sind. Ich denke, ich verstehe
den Urgrund der Angst sehr wohl. Denn die verbale
Konfrontation zwischen Ost und West scheint eben
nicht nur Konfliktsbereitschaft, sondern sogar
Kriegsbereitschaft zu signalisieren.

Helmut Schmidt

151

Die Friedlosigkeit
und daraus folgend die Ratlosigkeit der Welt liegt darin, daß nicht nur Washington im Kreml das schlechthin Böse sieht, sondern daß auch das Umgekehrte zutrifft, und daß beide sich entsprechend verhalten.

Klaus Mehnert

152

Die glücklichen Zeiten
der Menschheit sind die leeren Blätter im Buch der Geschichte.

Leopold von Ranke

»Wunden werden zu Worten – Worte zu Wunden«

Albert Camus

153

Der Krieg
ist ein Patent der bürgerlichen Gesellschaft und wird
als solches gesetzlich geschützt.

Johannes R. Becher

154

Der ewige Friede
paßt als Aufschrift über Kirchhofspforten, denn nur
die Toten schlagen sich nicht mehr; die Lebenden
sind in anderer Stimmung.

Leibniz

155

Wir leben
in einer Newtonschen Welt Einsteinscher Physik, die
von Frankensteinscher Logik regiert wird.

David Russell

156

Heute
hat sich seit zwanzig Jahren vergessene Angst wieder ausgebreitet. Diese Angst, davon bin ich überzeugt, hat recht. Sie ist die Wahrnehmung einer wirklichen Gefahr, ein schrilles Weckersignal. Aber sie ist kein Ratgeber, kein Wegweiser. Wer Wege in der Gefahr gehen muß, braucht Umsicht und Mut. Er braucht nicht die halberwachte Panik oder Depression, sondern Wachheit. Zur Wachheit gehört freilich, keine Wahrnehmung zu verdrängen. Zu ihr gehört der Mut, sich zur eigenen Angst zu bekennen.

Carl Friedrich von Weizsäcker

157

Wer
seine Schüler das ABC gelehrt, hat eine größere Tat vollbracht als der Feldherr, der eine Schlacht geschlagen.

Leibniz

158

Der Krieg
kündigt sich durch Schimpfworte an.

Afrikanisches Sprichwort

159

Wer ein Dummkopf ist,
dem schadet die internationale Kriegsberedsamkeit nichts. Wer ein halbwegs normal arbeitendes Gehirn hat, krümmt sich unter ihr in Schmerzen.

Alfred Polgar

160

Militarismus
ist nicht gleichbedeutend mit der Existenz bewaffneter Heere. Militarismus ist mehr. Militarismus ist die rein mechanische Einstellung des Gehirns, die Erdrosselung jeder persönlichen Verantwortlichkeit, jedes selbständigen Empfindens, mit einem Worte – Militarismus im preußischen Sinne ist die zum Prinzip erhobene Knechtseligkeit des Menschen. Aus diesem Grunde muß gerade der preußische Militarismus ganz besonders gewertet werden.

Rudolf Rocker

161

Ein Krieg
ist meist die Folge eines vorangehenden Friedens gewesen. Man sollte daher nicht von Kriegsverbrechern, sondern von Friedensverbrechern sprechen.

Karl Peltzer

162

Bewahre du zuerst Frieden
in dir selbst, dann kannst du auch andern Frieden
bringen.

Thomas von Kempen

163

In den Jahrtausenden
haben die Menschen gebetet: sei still, Gewalt,
all die Herzen und die Hände, die sich gaben,
sie begruben die Gewalt.

René Schickele

164

Es geht
um die Auflösung von Machtbeziehungen und die
Entmystifizierung der Feindbilder. Denn die
Abrüstung beginnt in den Köpfen. Frieden ist nur
noch durch den Frieden zu verteidigen.

Dieter Lattmann

165

In jeder Zeit ist Krieg,
wenn nicht körperlicher, doch geistiger, und
körperliche Siege fordern geistige heraus.

Jean Paul

166

Es gibt Menschen,
welche Schlagworte wie Münzen schlagen, und
Menschen, welche mit Schlagworten wie mit
Schlagringen zuschlagen. Nichts ist so verbreitet wie
das Schlagwort. Es wird bis in die höchsten
Geisteskreise hinauf gebraucht und hängt oft noch
dem Scharfsinnigen als Zöpfchen hinten.

Christian Morgenstern

167

Wirtschaftskrieg,
Kalter Krieg – wir sagen das so leichthin, als ob es nicht eben Krieg wäre. So stumpfen wir ab ...

Daniel Balkhausen

168

Wir
wünschen den atomaren, äh, den autonomen, wir wünschen den Frieden mit aller Kraft.

Rainer Barzel

169

Was
heißt schon »Wörterbuch des Unmenschen« – Worte wie »Köpfe müssen rollen«, »in der Diskussion niedergemacht«, »einen Menschen liquidieren« oder auch »Ausländer raus« – das *ist* bereits Krieg!

Daniel Balkhausen

170

Oft
ist die Gewalt schon in der Sprache angelegt, vielleicht vorweggenommen: Auf den Fußballfeldern, in der Schule, in den Schlagzeilen der Zeitungen, ja sogar in der Familie. Man höre nur einmal genau auf die Worte. Ist das nicht eigentlich schon Krieg?

Petra Schüttermann

171

Wenn ich diese Fußballer
und Sportjournalisten höre: die klingen ja schlimmer als Generäle …

Werner Schneyder

172

In diesem Spiel
darf keiner Angst haben, wir müssen uns, Mann für Mann, dem zu erwartenden Schlagabtausch stellen, ihn annehmen und fighten.

Dieter Hoeneß

173

Meine Truppe
ist gut in Schuß. Alle meine Jungs brennen darauf, den Schotten eins überzuziehen ... Wir werden nicht nur die Schlacht, sondern am Ende auch den Krieg gewinnen.

Jupp Derwall

174

Einige Leute
halten Fußball für einen Kampf auf Leben und Tod.
Ich mag diese Einstellung nicht. Ich versichere
Ihnen, daß es weit ernster ist.

Bill Shankly

175

Vom Schrei nach dem Frieden
ist hier die Luft ganz schwer,
Der Friede, der Friede, wo kommt denn der Friede
her?
Der kommt nicht vom bloßen Fordern,
Der kommt nur, wenn wir ihn tun,
Und wenn in unseren Seelen die Mörderwaffen
ruhn.
Wenn wir Gewalt verweigern, in Sprache, Not und
Streit,
Wenn wir als Haltung Lieben, Zeit unsrer
Lebenszeit.

André Heller

176

Krieg ist aber nicht nur,
wenn Krieg geführt wird, sondern die allgemeine
Unsicherheit aller vor allen, und die daraus
erfolgende immerwährende Bereitschaft zum Kriege
ist auch Krieg und hat für das Menschengeschlecht
fast dieselben Folgen wie der geführte Krieg.

Johann Gottlieb Fichte

177

Ei,
wie sagen wir zu wirklichen, bösen Kriegen:
Spannungsgebiete, Konflikte, regionale Krisen,
Unruhen ... Was für nette Worte für das vielfache
Sterben.

Caroline Feddersen

178

Im längsten Frieden
spricht der Mensch nicht so viel Unsinn und
Unwahrheit wie im kürzesten Kriege.

Jean Paul

179

Vereinzelt
springen Terroristen über Wiesen.
Wie chic. Die Fotoapparate sind gezückt.
Die alten Bürgerseligkeiten sprießen,
die Rettung, Freunde, ist geglückt.
Die Schüler schleimen wieder um die Wette.
Die Denker lassen Drachen steigen.
Utopia onaniert im Seidenbette,
die Zeiten stinken und die Dichter schweigen.
Wie schön, daß sich das Recht zum Rechten fand:
Es herrscht wieder Frieden im Land.

Konstantin Wecker

180

Die Kraft
eines Menschen ist die Zunge.
Reden ist bezwingender als Kämpfen.

König Merikaré

181

Hartes Wort gib dem nicht,
der mit lindem focht;
beut nicht Kampf dem, der ans Tor des Friedens pocht.

Saadî

182

Bei dem Streit um die Wahrheit
bleibt der Streit die einzige Wahrheit.

Tagore

183

Ist es nicht
auch eine Art Blutvergießen, wenn das Gewissen verwundet wird? Durch diese Wunde strömt die wahre Mannheit und Unsterblichkeit eines Menschen aus, und er verblutet sich zu immerwährendem Tode.

Henry Thoreau

184

Wir
können nur dann in Frieden leben und sterben,
wenn wir uns unserer Rolle ganz bewußt werden,
und sei diese auch noch so unbedeutend und
unausgesprochen. Das allein macht glücklich.

Saint-Exupéry

185

Wie viele Schlachten
sind jetzt nur – ein Wort!
Selbst ihre Wirkungen sind all' erloschen,
Vom neuen, weisern Worte aufgehoben.

Leopold Schefer

»Der Krieg soll verflucht sein«

Brecht

186

Handlungen,
die geeignet sind und in der Absicht vorgenommen werden, das friedliche Zusammenleben der Völker zu stören, insbesondere die Führung eines Angriffskriegs vorzubereiten, sind verfassungswidrig.
Sie sind unter Strafe zu stellen.

Grundgesetz, Artikel 26, Absatz 1

187

Wenn die Masse der Bürger
keinen beständigen und gezielten Druck ausübt
gegen jegliche Kriegsvorbereitungen, wird der Krieg
von selbst ausbrechen.

Emile Auguste Chartier

188

Und den Krieg haßte ich
aus ganzem Herzen, und es wollte mir nicht in den
Kopf, daß Totschlagen sonst das größte Verbrechen
war, im Krieg aber richtig und gut sein sollte.

Ludwig Grundig

189

Des Krieges Handlungen
sind übel ausgeschlagen;
Laßt einen Friedensschluß das Unglück weiterjagen!
Es werde ferner nicht Neid, Grimm und Groll
erlaubt,
Gewütet und getobt, geschunden und geraubt!
Hegt Friede, weil ihr könnt, eh euer Reich verblüht,
Daß ihr nicht, wann ihr *wollt,* wann alles jammrig
sieht,
Und auf der Grube geht, nicht *könnet* Frieden
machen!

Andreas Scultetus

190

Was man heute Krieg nennt,
ist ein infernalisches System von Lüge und Vergewaltigung, durch das alle waffenfähigen Menschen eines Volkes mit planmäßiger Betörung und mit der rohen Gewalt unmittelbarer Lebensbedrohung gezwungen werden, für Ziele und Interessen, die ihnen meist fremd sind, jedenfalls bei voller Einsicht in die Sachlage fremd wären, ihr Gut und Blut einzusetzen, ihre Nachbarn unterschiedslos als Feinde anzusehen und erbarmungslos hinzumorden und das mit Vaterlandsliebe und Pflichterfüllung zu maskieren … Was nottut, das ist eine planmäßige Organisierung des Friedens statt des Krieges. Darum, Menschen aller Völker und Staaten, vereinigt euch gegen das Unmenschentum des Krieges, indem ihr von vornherein erklärt: Wir lehnen jede Mitwirkung am Kriege radikal ab.

Max Josef Metzger

191

Es erscheint mir,
daß die Länder, die in der neuesten technischen Entwicklung führend sind, besonders in der Lage wären, die Initiative zu einem Vorschlag gegenseitiger Offenheit zu ergreifen. Der Schleier des Mißtrauens, der in früheren Perioden der Geschichte noch tragbar gewesen sein kann, wird jetzt zu einer Drohung zum Krieg.

Niels Bohr

192

Frieden, das ist nur Schlamperei,
erst der Krieg schafft Ordnung. Die Menschheit schießt ins Kraut im Frieden. Mit Mensch und Vieh wird herumgesaut, als wär's gar nix. Jeder frißt, was er will ... Nur wo Krieg ist, gibt's ordentliche Listen und Registraturen, kommt das Schuhzeug in Ballen und das Korn in Säck, wird Mensch und Vieh sauber gezählt und weggebracht, weil man eben weiß: Ohne Ordnung kein Krieg!

Brecht

193

So zwischen Ordnung und Unordnung, zwischen Erhalten und Verderben, zwischen Rauben und Bezahlen lebte man immer hin, und dies mag es wohl sein, was den Krieg für das Gemüt eigentlich verderblich macht. Man spielt den Kühnen, Zerstörenden, dann wieder den Sanften, Belebenden; man gewöhnt sich an Phrasen, mitten in dem verzweifeltsten Zustand Hoffnung zu erregen und zu beleben; hierdurch entsteht nun eine Art von Heuchelei, die einen besonderen Charakter hat und sich von der pfäffischen, höfischen oder wie sie sonst heißen mögen, ganz eigen unterscheidet.

Goethe

194

Krieg ist ein grausam Ding, und er schleppt in seinem Gefolge Unrecht und Übeltat die Menge.

Plutarch

195

Einen Krieg beginnen,
heißt nichts weiter, als einen Knoten zerhauen, statt ihn auflösen.

Christian Morgenstern

196

Krieg ist
ewig zwischen List und Argwohn, nur zwischen Glauben und Vertrauen ist Friede.

Schiller

197

Krieg ist nichts
als Drückebergerei vor den Aufgaben des Friedens.

Thomas Mann

198

Es ist unleugbar,
daß Krieg der natürliche Zustand der Menschen war,
bevor die Gesellschaft gebildet wurde, und zwar
nicht einfach der Krieg, sondern der Krieg aller
gegen alle.

Thomas Hobbes

199

Der Krieg
ist nur noch eine Chirurgie, bei der ein Insekt seine
Stiche an den Nervenknoten des Gegners anbringt.

Saint-Exupéry

200

Wozu,
zum Teufel, brauchen wir den Krieg; es ist besser,
mit dem Ziegenbock zu leben.

Chruschtschow

201

Es kommt kein Krieg,
bevor man die Gräber des vorhergegangenen
würdig instandgesetzt, überall Ehrenmale enthüllt
und den einstigen Feinden in rührenden Meetings
die Hände gedrückt hat. Es muß alles seine
Ordnung und sinnvolle Reihenfolge haben.

Graff

202

Solange Kriege geführt werden,
wird uns Kummer plagen, werden kräftige Beine
nutzlos werden und strahlende Augen dunkel.

Sean O'Casey

203

Ich
betrachte auch einen siegreichen Krieg an sich
immer als ein Übel, welches die Staatskunst den
Völkern zu ersparen bemüht sein muß.

Bismarck

204

Krieg ist,
wenn ihn das Recht nicht heilig macht,
bloß Hirnzerschmettern und Luftröhrenschneiden.

Byron

205

Im Waffenlärm
schweigen die Gesetze.

Cicero

206

Der Krieg
hat die Kunst und die Wissenschaft in die Knie
gezwungen.

Romain Rolland

207

Der Krieg
zwischen zwei gebildeten Völkern ist ein Hochverrat an der Zivilisation.

Carmen Sylva

208

Der Krieg betrügt uns:
denn der Haß erhöht das Hochgefühl des Kampfes nicht ... Und wenn die Gegensätze der Kulturen wertvoll sind, weil sie immer neue Mischungen erlauben, so ist es ungeheuerlich, daß sie einander vernichten.

Saint-Exupéry

209

Der Krieg ist eine Barbarei,
die mit fortschreitender Zivilisation verschwinden wird. Die großen Demokratien sind friedlich gesinnt, und ihr Geist wird bald über die Autokraten selbst Macht bekommen.

Anatole France

210

Der Krieg ist ein lächerlicher Hohn
auf die Menschheit.

Blaise Pascal

211

Friede
ist nicht nur Abwesenheit von Krieg und Gewalt, obwohl wir wissen, daß es Völker gibt, die heute schon dafür dankbar wären. Friede verlangt auch Freisein von Unterdrückung, von Hunger, von Unwissenheit. Nur so können die Menschen und die Völker ihre Fähigkeiten frei und verantwortlich entfalten. Eine dauerhafte und gerechte Friedensordnung erfordert gleichwertige Entwicklungschancen für alle Völker.

Willy Brandt

212

Es ist schon schlimm genug,
als Friedfertiger über das verheißene Erdreich
wandeln zu müssen, das einstweilen noch den
reißenden Wölfen gehört. Das Unternehmen wird
aussichtslos, wenn man noch dazu dumm ist.

Carl von Ossietzky

213

Das Verhältnis
der Dinge und nicht das der Menschen zueinander
ruft den Krieg hervor.

Rousseau

214

Der Krieg
ist nur eine der unendlich zahlreichen
Konsequenzen, die die Einführung des Eigentums in
einem bestimmten Entwicklungsstadium mit sich
gebracht hat.

Romain Rolland

215

Jeder Krieg
birgt gewissermaßen einen neuen in seinen Falten.

August Bebel

216

Zum Kriegführen
sind drei Dinge nötig: Geld, Geld und nochmals
Geld.

Marschall Trivulzio

217

Der Ursprung
alles Krieges aber ist Diebsgelüst.

Schopenhauer

218

Entstehen doch alle Kriege
um des Geldes Besitz.

Platon

219

Der vorige Weltkrieg
hat mich zu folgender Erkenntnis geführt: Die enge Verstrickung der Weltwirtschaft und des Weltverkehrs und die Entwicklung der technischen Kriegsmittel haben es mit sich gebracht, daß aus einem Krieg auch die Sieger keinen Nutzen, sondern nur Schaden haben. Damit hat der Krieg seinen ursprünglichen Sinn verloren, und es müssen zur Begleichung zwischenstaatlicher Meinungsverschiedenheiten andere Mittel gefunden werden. Geschieht das nicht, so taumelt die Menschheit in den Abgrund.

Paul von Schoenaich

220

Aber wenn der Krieg da ist,
richtet man sich in ihm ein, und man melkt seine Euter. Das Blut fließt, das Geld fließt, und man hat keine Eile, den Strom zum Versiegen zu bringen.

Romain Rolland

221

Der Krieg ist von Raubtieren
in Menschengestalt hervorgebracht, die sich in ihrem gierigen Hunger nach Profit an einer Mauer den Kopf eingerannt haben und nun Dynamit unter die Mauer legen, um sie wegzusprengen.

Andersen Nexö

222

Wo Heerhaufen lagern,
geh'n Disteln und Dornen auf.

Lao-tse

223

Alle Kriegsgeschichte
wird erst verständlich, wenn man sie auf ihre ökonomischen Grundlagen zurückführt. Sie verflüchtigt sich dagegen in einen historischen Roman, wenn man das größere oder geringere ›Genie‹ der Feldherren zu ihrem bewegenden Hebel machen will.

Franz Mehring

224

Die wirtschaftlichen Krisen sind zum großen Teil hervorgerufen durch das System der Rüstungen bis aufs äußerste, und die ständige Gefahr, welche in dieser Kriegsstoffansammlung ruht, machen die Heere unserer Tage zu einer erdrückenden Last, welche die Völker mehr und mehr nur mit Mühe tragen können. Es ist deshalb klar, daß, wenn diese Lage sich noch weiter so hinzieht, sie in verhängnisvoller Weise zu eben der Katastrophe führen werde, welche man zu vermeiden wünscht und deren Schrecken jeden Menschen schon beim bloßen Gedanken schaudern machen. Diesen unaufhörlichen Rüstungen ein Ziel zu setzen und die Mittel zu suchen, dem Unheil vorzubeugen, das die ganze Welt bedroht, das ist die höchste Pflicht, welche sich heutzutage allen Staaten aufzwingt.

Graf Murawjow, 1898

225

Die Parole
›Nie wieder Krieg!‹ ist kein Glaubenssatz, sie ist ein Willenssatz. Es braucht keine Kriege mehr zu geben, wenn homo wirklich sapiens ist, wenn er den Beweis erbringen will, daß er sich wirklich von den anderen Lebewesen durch Vernunft unterscheidet. Es wird keinen Krieg mehr geben, wenn die Massen einsichtig und entschlossen genug sind, ihren Willen dem der Rüstungsindustrie überzuordnen.

Hellmut von Gerlach

226

Es ist also
nach unserer Einteilung die Taktik die Lehre vom Gebrauch der Streitkräfte im Gefecht, die Strategie die Lehre vom Gebrauch der Gefechte zum Zweck des Krieges.

Clausewitz

227

Darum sollte jeder Soldat
im Kriege es wie jeder kranke Mann in seinem Bette machen: Jedes Stäubchen aus seinem Gewissen waschen. Und wenn er so stirbt, ist der Tod für ihn ein Gewinn. Wenn er nicht stirbt, so war die Zeit segensvoll verloren, worin eine solche Vorbereitung gewonnen ward. Und bei dem, welcher davonkommt, wäre es keine Sünde, zu denken, daß, da er Gott ein so freies Anerbieten macht, dieser ihn den Tag überleben läßt, um seine Größe einzusehen und andere zu lehren, wie sie sich vorbereiten sollen.

Shakespeare

228

Seit Homer
sind die Dichter von einer seltsamen Sucht besessen, die Militärs zu rühmen. Der Krieg ist gar keine Kunst, und der Zufall entscheidet allein über das Schlachtenglück. Von zwei Generälen, die einander gegenüberstehen und beide dumm sind, muß notgedrungen einer den Sieg davontragen.

Anatole France

229

Der Krieg aber
legt nicht nur allem sein Tarnkleid an, er duldet auch nicht die Mannigfaltigkeit der Gemüter. Die persönliche Biographie, alle Alters- und Charakterunterschiede treten in den Hintergrund.

Ilja Ehrenburg

230

Allesamt töricht
seid ihr, wenn ihr durch Krieg, durch den Kampf der streitbaren Lanzen nach dem Preise der Tüchtigkeit strebt, die Nöte der Menschen beseitigen wollt, ohne menschlich zu fühlen!

Euripides

231

Durch Krieg
den Volksschmerz heilen – heißt: Enthaupten den, den Zahnschmerz plagt.

Anastasius Grün

232

Krieg ist zuerst
die Hoffnung, daß es einem besser gehen wird,
hierauf die Erwartung, daß es dem andern
schlechter gehen wird, dann die Genugtuung, daß
es dem andern auch nicht besser geht, und hernach
die Überraschung, daß es beiden schlechter geht.

Karl Kraus

233

Dem Krieg eingeboren
ist das Phänomen seiner Zwitterhaftigkeit: die
Prinzipien des Sieges und der Niederlage wohnen
beide demselben Körper inne, und ihr notwendiger
Gegenspieler, der Feind, ist nur das Bett, auf dem
sie einander erschöpfen.

William Faulkner

234

Der Zweck jedes Friedens ist Völkerbeglückung; das erste Requisit, um diesen Zweck zu erreichen, Dauer. Ein Frieden, der seiner Form und seinem Inhalt nach für alle Zeiten gelten kann und den Völkern für ihre ganze, unbegrenzte Existenz ihren Wohlstand verbürgt, nur ein solcher kann seinen Namen sich mit Recht anmaßen; jeder andere, der wie alle bisherigen schon bei seiner Geburt die Keime der Verwesung zeigt, ist eine Mißgeburt, ein Mittelding zwischen Krieg und Frieden, das die Menschheit ärger lastet als der Krieg selbst.

Görres

235

Der Krieg ist ein unmenschliches, ärger als tierisches Beginnen, indem er nicht nur der Nation, die er angreift, unschuldigerweise Mord und Verwüstung drohet, sondern auch die Nation, die ihn führet, ebenso unverdient als schrecklich hinopfert.

Herder

236

Ein Friede,
der der Befürchtung ausgesetzt ist, jeden Tag, jede Woche gestört zu werden, hat nicht den Wert eines Friedens.

Bismarck

237

Was
sich im Augenblick als Strategie ausgibt, ist die letzte, schreckliche, absurde Konsequenz eines hoffnungslos technokratischen Denkens. Ich glaube, daß dieses Denken in Richtung Krieg führt.

Erhard Eppler

238

Der Krieg
hat die Würde des Alters für sich; Krieg gab es zu allen Zeiten: immer hat er die Welt mit Witwen und Waisen erfüllt, die Familien der Erben beraubt und Brüder in einer Schlacht umkommen lassen.

Jean de La Bruyère

239

Die Kriege, die ihr führtet,
mit Blut bezahlten wir's.
In eurer Habgier schreit ihr:
Atombomben brauchen wir!
Auch dafür braucht man KKWs!
Wo käme denn Plutonium her?
Macht diesen Mörderhänden,
ihr Frauen, doch ein End!

Walter Moßmann

240

Die unwandelbare Freundschaft
und der ewige Friede zwischen allen Völkern, sind
es denn Träume? Nein, der Haß und der Krieg sind
Träume, aus denen man einst erwachen wird.

Ludwig Börne

»Die deutliche Sprache der Gewehre verstehen immer nur die Erschossenen«

Wolf Biermann

241

Hütet euch
vor den Technikern! Mit der Nähmaschine fangen
sie an, und mit der Atombombe hören sie auf.

Marcel Pagnol

242

Ich sehe keine andere Lösung
und begründe das auch technisch. Die
Kriegsverhütung durch nukleare Abschreckung kann
niemals absolut gewiß sein. Technische Fehler sind
möglich, und ein einziges Versagen der Kontrolle im
Jahrhundert genügt zur Katastrophe.
Fehlkalkulationen über die Eskalation sind noch
wesentlich wahrscheinlicher. Es ist gewiß richtig,
daß die Größe des erwarteten Schadens etwa
umgekehrt proportional zur Bereitschaft sein wird,
ihn zu riskieren. Aber wenn die
Kriegswahrscheinlichkeit nicht auf Null sinkt,
während der erwartete Schaden über alle Grenzen
steigt, so ist das Abschreckungssystem nicht auf die
Dauer akzeptabel. Es gewährt eine Atempause, die
morgen zu Ende gehen kann. Eine politische
Friedenssicherung haben wir nicht erreicht.

Carl Friedrich von Weizsäcker

243

Der Krieg
schleudert Gebirge von Leid auf die Welt; er zermalmt sie durch geistige und materielle Entbehrungen.

Romain Rolland

244

Wer rechtzeitig
zu einem harten Herzen kam und des Elends der Mitmenschen nicht achtet, der folgt dem Krieg wie einem interessanten, aufregenden, spannenden Schauspiel. Die anderen sterben täglich alle Tode, die auf den Schlachtfeldern gestorben werden, mit.

Alfred Polgar

245

Während
sich auf anderen Gebieten Irrtümer bisweilen wieder gutmachen lassen, ist dies bei Fehlern, die man im Kriege begeht, unmöglich, weil sie sich sogleich rächen.

Machiavelli

246

Verbraucht sind die Todeskulte
verbraucht sind die Helden jedweder Art
Man hat uns zu lange betrogen
man hat uns zu lange genarrt

Heinar Kipphardt

247

Sich des Sieges freun,
heißt soviel, als gerne Menschen töten. Wer aber gerne Menschen tötet, wird sein Ziel im Reich nicht erreichen.

Lao-tse

248

Soldaten
sind sich alle gleich
– lebendig und als Leich

Wolf Biermann

249

Generäle siegen,
Soldaten fallen.

Aus Japan

250

Töte einen,
und du bist ein Mörder! Töte Tausende, und du bist ein Held!

Aus Indien

251

Der Krieg ist im Begriff, sich unter Umgehung des Kampfes zur Ausrottung zu vereinfachen, und da seine Feldherren, soldatisch gesehen, ähnlich heruntergekommen sind wie die Kammerjäger, unter denen man einst die Leibjäger eines Fürsten und erst später die Vertilger von Ratten, Mäusen und anderem lästigen Ungeziefer verstand, sollte man ihnen nach einer geglückten Waffentat eigentlich die »Goldene Wanze« an die Heldenbrust heften.

Graff

252

Bekanntlich
unterscheidet sich die Logik des Krieges völlig von der Logik des gesunden Menschenverstandes, Kriegslist wird gelobt als Beweis für einen auf Ausrottung der Nächsten gerichteten Verstand; Mord wird gepriesen als höchster Heldenmut des Menschen; ein gelungener Raub, Wegnahme eines Lagers, eines Trosses u. a., erhöht den Menschen in den Augen seiner Mitbürger.

Nikolas Alexandrowitsch Dobroljubow

253

Ein böses Heldentum,
wenn gegen Mensch
Der Mensch zu Felde zieht. Er dürstet nicht
Nach seinem Blut, das er nicht trinken kann;
Er will sein Fleisch nicht essen; aber ihn
Zerhau'n, zerhacken will er, töten ihn! –
Aus Rache? Nicht aus Rache; denn er kennt
Den andern nicht und liebet ihn vielleicht.
Auch nicht sein Vaterland zu retten, zog
Er fernen Landes her. Ein Machtgebot
Hat ihn hierher geführet.

Herder

254

Die Millionen der Geschlachteten,
der Hingewürgten stehen auf und klagen mit der
Stimme, die bald wie Todesröcheln, bald wie
unterdrücktes Schluchzen klingt, den Götzen an, der
sie geschlachtet hat.

Otto Umfrid

255

Nun stampft
an Berg und Brink der Krieg vorbei.
Das Volk freut sich umsonst auf Holz und Heu.
Schweig mir von Ehren, Adel, Fürstentum!
Zehntausend Knochen gehn auf eines Feldherrn
Ruhm!

Tsau Sung

256

Es wird mit Blut
kein fester Grund gelegt, kein sicheres Leben schafft
uns Andrer Tod.

Shakespeare

257

Und was
für ein erbarmungswürdiger Anblick, die rasende,
kindische Liebe dieser Leute für Gewehre und
Trommeln zu sehen! Sie verstehen nicht, daß der
Krieg, der die Herzen unwissender und barbarischer
Völker bildete und ihre Städte gründete, heute dem
Sieger selbst nur Verfall und Elend bringt …

Anatole France

258

Ich weigere mich,
den Tod des Feinds zu müssen; ich bin kein Feind,
ich habe keinen.

Wolfdietrich Schnurre

259

Im Frieden
werden die Väter von ihren Kindern begraben, im
Krieg aber die Kinder von den Vätern.

Krösus

260

Wer
neigt sich noch in Ehrfurcht einem Greise zu?
Soll ich des Leides immer mehr mit meinem Pinsel
malen?
Nicht mal der Winter bringt den Waffen Ruh,
Und unsre Eltern müssen Steuer zahlen …
Wenn unsre Frauen Kinder einst gebären:
O daß es keine Knaben wären!
Denn seine Tochter gibt man seinem Nachbarn als
ein leeres Gefäß zur Eh'. Ein Sohn verwest im
Kriege, unbegraben …
Kaiser, sahst du im Traum den Stand des
Ku-ku-noor-Meeres,
Wo die verstreuten Gebeine keine Ruhe haben?
Wo die jungen Toten die alten Toten mit ihrem
Schreien stören?
Himmel hängt düster, Regen sprüht kalt, Jammer
rinnt vom
Gestein ins Meer aus tausend Röhren.

Klabund

261

Je mehr Waffen,
desto mehr Soldaten, je mehr Soldaten, desto mehr Gefahr, je größer die Gefahr, desto näher das Ende von allem Leben.

Harry Belafonte

262

Es möge jeder,
der einen Krieg der reinen Prinzipien und der Propaganda hindern konnte und es nicht tat, bedenken, daß das Blut, welches in solchen Kriegen vergossen wird, in seinem Schuldbuch steht; möge ihn der Fluch jedes ehrlichen Soldaten treffen, der für eine Sache stirbt, die er im Herzen verachtet, und möge dieser Fluch schwer auf seiner Seele lasten am Tage des Gerichtes.

Bismarck

263

Die scheinbare Evidenz
des Gleichgewichtsprinzips stammt daher, daß es für alle herkömmlichen Formen von Waffen und Kriegen Gültigkeit hatte. Auf den sprichwörtlichen Mann auf der Straße, der sich auf die Sache nicht genauer einläßt, muß daher das Argument, daß ein Ungleichgewicht entstanden sei, einen tiefen Eindruck machen. Wenn nun aber die Funktion der Atomraketen ausschließlich in der Abschreckung liegen soll –, ist kein Gleichgewicht erforderlich. Die Abschreckung besteht in der Drohung mit einem für den Gegner unannehmbaren Schaden.

Ernst Tugendhat

264

Wir widersprechen
mit großem Ernst dem Satz, daß mehr Rüstung stets auch mehr Sicherheit bedeutet. Wir sind vielmehr tief davon überzeugt, daß mehr Rüstung auch weniger Sicherheit bedeuten kann. Wir widersprechen ebenso der These, daß für die Sicherheit, daß für das Gleichgewicht, daß für die Kriegsverhütung allein der militärische Aspekt den Ausschlag gibt. Die Leistungsfähigkeit der jeweiligen Volkswirtschaften, das Maß an sozialer Sicherheit der einzelnen und der Familien, die Verwirklichung der Menschenrechte, das Ausmaß und die Tragfähigkeit der Zustimmung der Bürger zu den von der Staatsführung verfolgten Zielen sowie die Fähigkeit zur friedlichen Veränderung innerer Strukturen und politischer Zielsetzungen wiegen ebenso schwer. Nein! Wenn die eigene Verteidigungs- und Kriegsverhütungsfähigkeit gewährleistet ist, wiegen sie sogar schwerer als die Überlegenheit, die sich – wie die Überlegenheit an nuklearen Massenvernichtungswaffen – nur in Mega-Tonnen, in Wurfgewichten und in Zielgenauigkeit ausdrücken lassen.

Helmut Schmidt

265

Hunderte von Millionen
werden aufgewendet, um furchtbare
Zerstörungsmaschinen zu beschaffen, die heute als
das letzte Wort der Wissenschaft betrachtet werden
und schon morgen dazu verurteilt sind, jeden Wert
zu verlieren infolge irgendeiner neuen Entdeckung
auf diesem Gebiet. Die nationale Kultur, der
wirtschaftliche Fortschritt, die Erzeugung von Werten
sehen sich in ihrer Entwicklung gelähmt und
irregeführt.

Graf Murawjow, 1898

Für eine Minute
wußte niemand, was nun geschehen würde.
Bombardier und Pilot vergaßen, ihre dunklen Brillen aufzusetzen, und sahen den furchtbaren Blitz mit bloßen Augen. Ungefähr 45 Sekunden nach dem Blitz spürte man an Bord ... zwei Stöße ... Ich ließ drehen, damit wir das Resultat betrachten konnten ... Neun Zehntel der Stadt waren von aufwallendem Qualm eingehüllt, der auf das Explodieren von Gebäuden schließen ließ, und von einer ungeheuren weißen Rauchwolke, die in etwa drei Minuten zu 30000 Fuß emporstieg und dann auf mindestens 50000 Fuß ging ... Mein Gott, was haben wir da gemacht! Wenn ich auch 100 Jahre alt werde, diese paar Minuten werde ich niemals ganz vergessen können.

Robert A. Lewis,
Copilot beim Abwurf der ersten Atombombe auf Hiroshima

267

Dieser Nuklearwaffen-Plan mußte gelingen, wenn die Nato Bestand haben sollte ... Die schwierigen Fragen wurden fallengelassen, weil diejenigen, die sie stellten, annahmen, daß es keine Antworten darauf geben könnte. Ohne Antworten keine Stationierung. Und ohne Stationierung würde Amerikas Führungsrolle in der Nato zerfallen – und das mußte vor und über allem anderen verhindert werden.

Fred M. Kaplan

268

Noch
singt die Lerche früh und spät,
bis ihr das Lied vergeht
überm Bundeswehrgelände,
und Düsenjäger-Überschall
macht dem Gesang der Nachtigall
ein schnelles, kaltes Ende.

Peter Schütt

269

Im dunklen Wald,
dort wo die Pershing steht,
ein Schauer eiskalt übern Rücken weht.
Ein Horn ertönt, Turbinen heulen auf,
der Countdown läuft, Computer rechnen aus.
Refrain: Pershing, Pershing, du Waffe der Nation,
sicherst den Frieden durch Atom.
Ire displays, die missile is ok,
bald geht der Nato-Hammer in die Höh'.
Fire buttons pressed, Raketenkopf sprengt ab,
das ist des Feindes sichres Grab.
Die Erde dröhnt, die Flammen schlagen hell,
Big Ben hebt ab und schießt ins Weltall schnell.
Der warhead zieht nun seine Todesbahn
und vernichtet des Feindes letzten Mann.

Anonym, »Pershing-Lied«,
gesungen 1983 in Teilen der Bundeswehr (nach SZ)

270

In den ersten zehn Jahren nach dem Zweiten Weltkrieg hatte ich Sorgen, wie wir alle. Ab und zu hatte ich damals – und auch später noch – morgens vor dem Aufwachen einen von zwei Angstträumen. Entweder verhaftete mich die russische Geheimpolizei und verschleppte mich nach Sibirien, von wo ich nie zurückkehren würde. Oder ich sah am klaren Westhimmel ein winziges Wölkchen: den ersten Atompilz des Dritten Weltkriegs, der soeben begonnen hatte.

Carl Friedrich von Weizsäcker

271

Wenn es heute einen Krieg gibt, gibt's doch keine Sicherheit. Nur daß keiner überlebt, das ist sicher.

Erhard Eppler

»Entrüstet Euch!«

Button der Friedensbewegung

272

Unsereiner,
der so ganz Nichtkombattant geblieben ist, hat viel Zeit zu zweifeln: es ist wohl immer, sagt sich unsereiner, alles Elend da und alle Not bis zur äußersten. Es ist immer die ganze Not in Gebrauch unter den Menschen, soviel da ist, eine Konstante, wie es auch eine Glückskonstante gibt; nur die Verteilungen wechseln. Wer nicht gewußt hätte, daß es soviel Not gibt, an dem war's jetzt, erschüttert zu sein. Aber wer, wahrhaft Lebendiger, hat das nicht gewußt?

Rilke

273

Ich glaube bestimmt
an die große Welt des Friedens, die in greifbarer
Nähe und imstande ist, in Erscheinung zu treten,
sobald wir ernstlich wollen.

H. G. Wells

274

Denn
darüber muß sich jeder klar sein, daß es nicht
Gesinnung ist, die Pazifisten und Kriegsgläubige
trennt. Es trennt die zwei Gruppen vielmehr das
Wissen um die Grundtatsachen von Krieg und
Frieden.

Johann Ohrtmann

275

Es muß einer den Frieden beginnen
wie einer den Krieg.

Stefan Zweig

276

Nichts
anderes als geistige Streitbarkeit – das ist der
Frieden.

Camus

277

Wir werden nichts erreichen
ohne Frieden. Aber wir müssen verstehen, daß
Friede nicht irgendein fernes Ziel ist, sondern bereits
mit dem Weg zum Frieden beginnt. Die Götzen des
Krieges befehlen uns, vor dem Altar des Hasses zu
knien. Die Wogen der Rache haben noch immer das
Meer der Geschichte aufgewühlt. Unsere Geschichte
ist gepflastert mit den Überresten von Nationen und
Menschen, die den Krieg zu ihrem Gott und den
Frieden zu ihrem Feind erhoben haben. Wir müssen
eine Antwort finden auf die Herausforderung von
heute.

Harry Belafonte

278

Stille
herrscht in Wald und Flur
und jetzt heben die Vögel an zu singen
Die Sonne steigt nun zwischen den Bergen empor
und will das Fest des Friedens beginnen.

Alexandra Haberland

279

Der Friede
ward genügend schon bekannt
Durch jene, die ihn abertausendmal
Ersehnt und ihn begrüßt mit Freudenschall.

Jean Dorat

280

Es wird
ja Feindschaft nimmermehr
Durch Feindschaft wieder ausgesöhnt:
Nichtfeindschaft gibt Versöhnung an –
Das ist Gesetz von Ewigkeit.

Buddha

281

Nun,
Du holde Friedenstaube,
Die du uns den Oelzweig bringst,
Wenn du vor des Geiers Raube
Frei den kleinen Fittich schwingst!
Komm, verzieh nicht! Laß dich nieder,
Unsere Herzen öffnen sich,
Gib der Welt den Frieden wieder
Und nimm ihn dann auch für dich.

Des Knaben Wunderhorn

282

Sie machte Frieden!
Das ist mein Gedicht.
War ihres Volkes Lust und ihres Volkes Segen,
Und ging getrost und voller Zuversicht
Dem Tod als ihrem Freund entgegen.
Ein Welt-Erob'rer kann das nicht.
Sie machte Frieden! Das ist mein Gedicht.

Matthias Claudius

283

Der Frieden fordert
einen langen, ununterbrochenen und harten Dienst;
er verlangt Beharrlichkeit und erlaubt keinen
Zweifel. Der Zweifel des kritisch überspitzten Geistes,
die Skepsis und ein Übermaß an Mißtrauen wirkt
lähmend.

Aristide Briand

284

Im Frieden
nur kann Glück und Heil bestehen,
Drum heißt's: in ihm ruht aller Wohlergehen.

Scheich Hîlalî

285

Wenn
du dem Ochsen deines Feindes oder seinem Esel begegnest, der umirrt, zurückbring ihn, zurück ihm. Wenn du den Esel deines Hassers siehst unter seiner Tracht erliegend, sei fern davon, ihm's zu überlassen – herunter, herunterlassen sollst du zusammen mit ihm.

Thora

286

Rabbi
Simon b. Gamiliél sagte: Auf dreierlei hat die Welt Bestand: auf Recht, Wahrheit und Frieden; denn es heißt: Nach Wahrheit, Recht und Frieden richtet in euren Toren.

Talmud

287

Ein friedfertiger Mensch
ist mehr nütze als ein gelehrter Mensch.

Thomas von Kempen

288

Die erste Bedingung,
um mit anderen in Frieden leben zu können, ist die,
mit sich selbst in Frieden zu sein.

Aristide Gabelli

289

Worte
ohne Sinn verschwendet,
ist ein Wort voll tiefen Sinnes,
das dem Hörer Frieden spendet.
Besser als in tausend Liedern
Worte ohne Sinn verschwendet,
ist ein Wort voll tiefen Sinnes,
das dem Hörer Frieden spendet.
Ob ein Sänger hundert Lieder
sinnlos in die Lüfte sendet,
besser ist ein Wort der Wahrheit,
das dem Hörer Frieden spendet.

Dhâmmâpâdâ

290

Wenn
für alle Menschen Friede
Herrscht auf dieser Erde,
Jede Waffe in die Meerflut
Dann geschleudert werde.

Sándor Petöfi

291

Wer in der Jugend
kein Pazifist ist, ist stumpf; wer im Alter kein Pazifist
ist, ist dumm.

Willy Brandt

292

Freuen dürfen sich alle,
die Frieden schaffen; denn sie werden Gottes Kinder
sein.

Mat. 5,9

293

Kriegsmüde – das ist das dümmste von allen Worten, die die Zeit hat. Kriegsmüde sein: das heißt müde sein des Mordes, müde des Raubes, müde der Lüge, müde der Dummheit, müde des Hungers, müde der Krankheit, müde des Schmutzes, müde des Chaos. War man je zu all dem frisch und munter?... Kriegsmüde hat man immer zu sein, das heißt, nicht nachdem, sondern ehe man den Krieg begonnen hat.

Karl Kraus

294

Wer selbst keinen inneren Frieden kennt, wird auch in der Begegnung mit anderen Menschen keinen Frieden finden, und nie können friedliche Beziehungen zwischen einzelnen oder zwischen ganzen Völkern zustande kommen, solange diese Einsicht nicht beherzigt wird.

Dalai Lama

295

Frieden
kannst du nur haben, wenn du ihn gibst.

Marie von Ebner-Eschenbach

296

Wer den Frieden will,
muß sich für den Frieden rüsten, muß die friedlichen Kräfte stärken.

Bodo Uhse

297

Wenn
es um den Frieden geht, muß man sogar mit dem Teufel reden.

Edouard Herriot

298

Frieden zu halten –
das kommt der Liebe zu; Frieden zu begründen aber
ist das Amt ordnender Weisheit.

Thomas von Aquin

299

Die Friedensliebe
fängt damit an, daß man aufhört, von gerechten
Kriegen zu sprechen.

Graff

300

Ich hoffe,
daß der Frieden dauern wird und daß die Menschheit auf die Dauer, da sie sich vernünftige Wesen nennen, Vernunft und gesunden Menschenverstand genug haben wird, um ihre Differenzen beizulegen, ohne sich die Kehlen abzuschneiden; denn nach meiner Ansicht gab es noch niemals einen guten Krieg oder einen schlechten Frieden.

Benjamin Franklin

301

Sind einmal
die Kulturvölker zu einer großen Föderation vereinigt, dann ist auch die Zeit gekommen, wo für immer ›des Krieges Stürme schweigen‹. Der ewige Friede ist dann kein Traum mehr.

August Bebel

302

Es kann keiner
länger Frieden haben, als sein Nachbar will.

Johann Agricola

303

Durch Eintracht
wächst eine kleine Hab, durch Zwietracht nimmt
eine große ab.

Erasmus Alberus

304

Aber der Frieden
ist undankbar und weiß nie, daß er seinen Bestand
nur dem Krieg dankt.

Tucholsky

305

Die mehr sichtbare
materielle Ernte des Friedens ist die geringste Ernte
des Friedens.
Die große Ernte wird Gesundheit und
Menschenkraft sein.

H. G. Wells

306

Wer nämlich
vorher die Bitternis des Krieges geschmeckt hat,
weiß die Süße des Friedens mehr zu schätzen.

Petrarca

307

Kein Mensch kann,
ehe er den Frieden erlebt hat, behaupten, er wisse,
was Freude ist.

Henry Miller

308

Der Pazifist
bekämpft das Widersittliche durch das geistig-sittliche Mittel des eigenen höheren Beispiels in der Geltendmachung der eigenen Interessen, durch die Organisation des Rechtsgedankens und der Rechtsfindung, durch jede Art von positiver Tatkraft in der Zusammenordnung der Interessen in der Kunst des Ausgleichens, in der Weisheit umsichtiger Verträge, in der Bändigung der kopflosen Leidenschaften, in der Disziplin des Urteils, in der Erziehung zur Objektivität, in der Übung des ›Denkens an die andern‹ …

Friedrich Wilhelm Foerster

309

Friede
ist die Achtung vor dem Recht des anderen.

Oliver Reed

310

Der Friede
ist der wahre und legitime Sohn der Revolution –
gezeugt in den Umarmungen des Hasses und
geboren im Kindbett der Hoffnung.

Heinrich Heine

311

Das höchste Gut
des Gottesstaates ist der ewige und vollkommene
Friede, nicht ein bloßer Durchgangsfriede für
Sterbliche mit Geburt und Tod als Grenzpunkten,
sondern ein Beharrungsfriede für Unsterbliche unter
Ausschluß jeder Widerwärtigkeit.

Augustinus

312

Wer einen kommenden Krieg für sicher hält, wirkt gerade durch diese Gewißheit mit, daß er entsteht. Wer den Frieden für sicher hält, wird unbesorgt und treibt ohne Absicht in den Krieg. Nur wer die Gefahr sieht und keinen Augenblick vergißt, kann sich vernünftig verhalten und tun, was möglich ist, um sie zu beschwören.

Karl Jaspers

313

Alle Nationen der Welt sprechen von Abrüstung. Wir müssen sie lehren, mehr zu tun, als bloß davon zu sprechen. Die Völker müssen den Staatsmännern und Diplomaten die Abrüstung aus der Hand nehmen. Die Völker selbst müssen die Abrüstung verwirklichen.

Albert Einstein

314

Selbst die schönsten Waffen
sind Unglückswerkzeuge, allen Wesen verhaßt.

Lao-tse

315

Ich schwöre ab:
Jegliche Gewalt,
Jedweden Zwang,
Und selbst den Zwang,
Zu andern gut zu sein.
Ich weiß:
Ich zwänge nur den Zwang.
Ich weiß:
Das Schwert ist stärker,
Als das Herz,
Der Schlag dringt tiefer,
Als die Hand,
Gewalt regiert,
Was gut begann,
Zum Bösen.

René Schickele

316

Die
Aufrechterhaltung des allgemeinen Friedens und eine mögliche Herabsetzung der übermäßigen Rüstungen, welche auf allen Nationen lasten, stellen sich in der gegenwärtigen Lage der ganzen Welt als ein Ideal dar, auf das die Bemühungen aller Regierungen gerichtet sein müßten.

Graf Murawjow, 1898

317

Wir wollen den Frieden.
Das ist die nächste schwere Aufgabe aller, die Menschliches wollen.

Erich Mühsam

318

Die Ziele
der Deutschen Friedensgesellschaft sind folgende:
Aufklärung über das kulturwidrige Wesen des Kriegs;
Bekämpfung nationaler Vorurteile und Betonung der
Zusammengehörigkeit der Völker, ihrer materiellen
und ideellen Interessen; Unterstützung aller
Bestrebungen für Aufrichtung eines dauernden
Rechtszustandes unter den Staaten durch die
Weiterbildung des im Haag begründeten
Rechtssystems, insonderheit durch Fortbildung der
internationalen Organisation; Unterstützung aller
Bestrebungen, die auf das Ziel gerichtet sind, eine
gleichzeitige und gleichmäßige Beschränkung der
Rüstungen herbeizuführen.

Programm der Deutschen Friedensgesellschaft, 1905

319

Rüstung
für den Frieden ist wie Schnaps gegen den
Alkoholismus.

Graffito

320

Entweder
wir schaffen die Rüstung ab, oder die Rüstung
schafft uns ab.

Helmut Gollwitzer

321

Und
als der nächste Krieg begann,
Sagten die Frauen: Nein!
Und schlossen Bruder, Sohn und Mann
Fest in der Wohnung ein.

Erich Kästner

322

Der Krieg
ist weniger eine Schmach der Männer, die ihn
führen, als der Frauen, die ihn dulden.

Graff

323

Sie streiten sich,
so heißt's, um Freiheitsrechte:
Genau besehn, sind's Knechte gegen Knechte.

Goethe

324

Das Wort ›Frieden‹
ist etwas Süßes, der Friede selbst eine heilsame
Sache, aber zwischen Frieden und Knechtschaft ist
ein gewaltiger Unterschied!

Cicero

325

Man meint oft,
man müßte die Menschen anbrüllen, damit sie
aufwachen. Aber man weiß, daß sie den, der brüllt,
für einen Narren halten. Man wählt dann den Weg
nüchterner Darstellung.

Carl Friedrich von Weizsäcker

326

Mit dem Hunger und der Liebe war wohl für zu lange Epochen der Urzeit die Bereitschaft zur Vernichtung des Konkurrenten – sei es im Kampf um Nahrung, sei es im Kampf um Geschlechtsfreuden – untrennbar verbunden. Es besteht wohl kein Zweifel daran – und jeder tieferer psychologischer Betrachtung Fähige wird das zugeben: wir werden in der Bekämpfung des Krieges niemals einen bemerkenswerten Schritt weiterkommen, solange wir diese psychische Belastung des Menschen durch den Haß, durch die Grausamkeit nicht in Betracht ziehen. Man kann gleiches nur mit gleichem bekämpfen. Gegenüber letzten Erkenntnissen, rationalen Erwägungen brauchen wir Erkenntnisse und Erwägungen. Gegenüber bewußten Instinkten gebrauchen wir ihre Verdrängung nicht nur durch Bewußtmachung dieser Instinkte, sondern noch sicherer vielleicht verdrängen wir sie durch andere, stärkere, aber weniger verhängnisvolle Instinkte. Und das ist, scheint mir, nun unsere Aufgabe. Zu versuchen, zu erforschen, zu erproben, wie und auf welchen Wegen diese Mord- und Vernichtungsinstinkte in bejahende Lebensströmungen umgebogen werden können.

Helene Stöcker

327

Regeln
über Friedensschlüsse, mögen sie noch so gut gemeint und noch so gut formuliert sein, vermögen nichts. Nur das Denken, das die Gesinnung der Ehrfurcht vor dem Leben zur Macht bringt, ist fähig, den ewigen Frieden herbeizuführen.

Albert Schweitzer

328

Wenn die Frauen
ein Gefühl für ihre wahren Rechte und Freiheiten besäßen, würden sie sich mit der ganzen Leidenschaftlichkeit ihres Geschlechts dagegen auflehnen, daß ihnen der Staat verbietet, ein zu ihrem Körper gehörendes embryonales Wesen töten zu lassen, solang er sich erlaubt, dasselbe zur schönsten Menschenblüte herangewachsene Wesen zwanzig oder dreißig Jahre später gegebenenfalls in einen Krieg zu schicken und dort töten zu lassen.

Graff

329

Kein Friede,
kein Vergleich! Das, worüber gestritten wird, leidet keine Teilung: Die Freiheit ist oder ist nicht. Kein Kommen und Bleiben in der Gewalt, vor allem diesem steht ja der Tod – und wer sterben kann, wer will den bezwingen?!

Johann Gottlieb Fichte

330

Der Krieg
wird niemals zu Ende sein, solange noch eine Wunde blutet, die er geschlagen hat.

Heinrich Böll

331

Irgendeine
Sünd- oder Sintflut ist immer vor der Tür, aber dabei leben die Menschen vergnüglich weiter und backen Hochzeitskuchen.

Fontane

332

Frieden für das Ganze,
Tier, Mensch und Pflanze.
Der Mensch allein hat in der Hand,
ob er jemals findet das starke Band.

Angelika Frahnert

333

Wozu
rühmen wir uns des Rechts zu unbeschränkter Meinungsäußerung für alle, wozu führen wir das Wort Freiheit so gern im Munde, wenn uns der Friede über alles geht? – Ein Friede in Ehre und Recht ist das schönste und kostbarste Gut.

Polybios

334

Ein Ey
im Frieden ist besser als ein Ochß im Kriege.

Christoph Lehmann

335

In dieser Zeit,
wo Gewalttätigkeit in Lüge gekleidet so unheimlich wie noch nie auf dem Throne der Welt sitzt, bleibe ich dennoch überzeugt, daß Wahrheit, Liebe, Friedfertigkeit, Sanftmut und Gütigkeit die Gewalt sind, die über aller Gewalt ist. Ihnen wird die Welt gehören, wenn nur genug Menschen die Gedanken der Liebe, der Wahrheit, der Friedfertigkeit und der Sanftmut rein und stark und stetig genug denken und leben.

Albert Schweitzer

336

Fried
ist der Tugend Lohn, ihr End und Unterhalt,
Ihr Band und Seligkeit: ohn ihn zerstäubt sie bald.

Angelus Silesius

337

Der Friede
besteht nicht in einem Verschontsein von Krieg, sondern in der Einigung und Eintracht der Gesinnung.

Spinoza

338

Bald,
es kenne nur jeder den eigenen, gönne dem andern seinen Vorteil, so ist ewiger Friede gemacht.

Goethe

339

Die Friedfertigkeit
ist das eindrücklichste Ding der Welt und von allen Worten das beredtste.

Alfonse Vinet

340

Der Friede,
die freie Entfaltung. Himmel und Erde vereinen sich
und stimmen miteinander überein. – Der begabte
Mensch nimmt die Stellung ein, die ihm entspricht,
und das Glück der Freiheit beherrscht alle Wesen.

I Ging

341

Um Friede zu haben
und ihn zu erhalten, muß man ihn wollen, man darf
nicht ständig daran zweifeln. Man darf nicht immer
bloß an die Gefahren denken.

Aristide Briand

342

Man hat gesagt,
die Freiheit entsteht dadurch, daß man sie sich
nimmt. Nehmen wir uns also zuallererst die Freiheit,
für den Frieden zu arbeiten.

Brecht

343

Man kann
vollkommen glücklich leben, ohne sich zu bewaffnen und zu versuchen, einander zu vernichten.

Henri Barbusse

344

Ein Friede,
der eine Nation in jahrelanger Sklaverei hält, auch wenn es sich darum handelt, eine gerechte Schuld zurückzuzahlen, kann niemals ein wirklicher Friede sein.

Lloyd George

345

Weshalb
mordet einer stets den andern?
Hört doch auf, laßt von dem Treiben ab,
Bewahrt die Städte friedlich unter Friedlichen!

Euripides

346

Gibt es etwas Lächerlicheres,
als daß ein Mensch das Recht hat, mich zu töten,
weil er jenseits des Wassers wohnt und weil sein
Fürst mit dem meinen Streit hat, obgleich ich gar
keinen mit ihm habe?

Blaise Pascal

347

Wenn nirgends auf der Welt
mehr geschossen wird, wird es einem so
vorkommen, als wäre das ewige Leben
angebrochen.

Konstantin Michailowitsch Simonow

348

Der friedliebende Mensch,
der seine besten Kräfte nicht auf Schlachtfeldern
verwertet, baut sich eine Welt, in der er etwas gilt,
und er ist leicht geneigt, diese seine Welt sittlich
höher zu stellen als die aller andern.

Tucholsky

349

O schöner Tag,
Wenn endlich der Soldat
Ins Leben heimkehrt, in die Menschlichkeit,
Zum frohen Zug die Fahnen sich entfalten,
Und heimwärts schlägt der sanfte Friedensmarsch.

Schiller

350

Aus Haßtraum
und Blutrausch
Erwachend, blind noch und taub
Vom Blitz und tödlichen Lärm des Krieges,
Alles Grauenhafte gewohnt,
Lassen von ihren Waffen,
Von ihrem furchtbaren Tagwerk
Die ermüdeten Krieger.
»Friede« tönt es
Wie aus Märchen, aus Kinderträumen her.
»Friede«. Und kaum zu freuen
Wagt sich das Herz, ihm sind näher die Tränen.

Hermann Hesse

351

Die Welt
ist für euch alle groß und schön und schön!
Seht her! staunt auf! Nach Schlacht und
Blutgestöhn:
Wie grüne Meere frei in Horizonte fluten,
Wie Morgen, Abende in reiner Klarheit gluten,
Wie aus den Tälern sich Gebirge heben,
Wie Milliarden Wesen uns umbeben!
O, unser allerhöchstes Glück heißt: Leben! –
Von Front zu Front und Feld zu Feld
Laßt singen uns den Feiertag der neuen Welt!
Aus aller Brüsten dröhne *eine* Bebung:
Der Psalm des Friedens, der Versöhnung, der
Erhebung!
Und das meerrauschende, dampfende Lied,
Das hinreißende, brüderumarmende,
Das wilde und heilig erbarmende
Der tausendfachen Liebe laut um alle Erden!

Gerrit Engelke

352

Eine Träne
zu trocknen ist ehrenvoller, als Ströme von Blut zu vergießen.

Byron

353

Unter den jetzigen Bedingungen
ist Rüstungskontrolle nur ein anderes Wort für Wettrüsten.

Alfred Mechtersheimer

354

Ein Zeitalter
wird nicht dunkel genannt, weil das Licht nicht scheint, sondern weil die Leute sich weigern, es zu sehen.

James A. Michener

355

Frieden
ist machbar,
Herr Nachbar!

Graffito

356

Eine Gesellschaft,
die sich systematisch weigert, zu erkennen, daß ihr physisches Überleben unmittelbar in Frage steht, und die keinen Schritt zu ihrer Rettung unternimmt, kann nicht als psychisch gesund bezeichnet werden. Letztlich bleibt es sich gleich, ob wir uns der atomaren Gefahr bewußt sind oder nicht: Die Tatsache, daß es Kernwaffen gibt, macht uns krank, und auf rein geistiger oder emotionaler Ebene läßt sich offenbar wenig dagegen tun.

Jonathan Schell

357

Der Ernst der Lage verlangt, daß auch die kleinste Friedenschance wahrgenommen wird. Wir müssen alles tun, daß der Reichtum menschlicher Erfindungskraft nicht dem Tode, sondern dem Leben nützt. Die Entscheidung dieses Landes soll nicht auf einzelnen losen Blättern verzeichnet sein, sondern im Buch der Geschichte stehen.

Eisenhower

358

Zu unserer Väter Zeiten gab es zwei große Herden Büffel. Als wir Krieger waren, noch eine. Jetzt sind die Prärien leer und öd. Um den Frieden zu wahren, folgen wir den Herden – wo immer hin.

Häuptling Red Cloud der Cheyenne

359

Ihr seid tapfere Krieger,
aber ab jetzt soll kein Blut mehr vergossen werden.
Ihr seid tapfere Krieger,
und ab jetzt müßt ihr auch klug sein.
Klug sein heißt *vielleicht* sterben.
Tapfer sein heißt *sicher* sterben.

Häuptling Gained Wolf der Black Feet

360

Der Frieden des Weißen Mannes
ist ein Frieden zum Tode.

Häuptling Sitting Bull der Sioux

361

Sie
haben uns unsere Geschichte gestohlen, unsere Kultur zerstört. Sie haben uns unser Land verwüstet, unsere Bäume entlaubt. Sie haben uns um unsere Zukunft betrogen. Wo soll da je Frieden werden?
In der Gruft!

Ngyen Vandong

362

Worte
haben zu viele Schatten, sagten unsere Väter.
Heute haben wir Coca Cola.
Morgen haben wir »ewigen Frieden«.

Sirk Cadlen, Eskimo

363

Manche glauben sogar,
ein Frieden sei zu gewinnen.

Jasir Miron

364

Einst waren wir frei.
Dann Sklaven. Dann freie Bürger, streng getrennt allerdings nach schwarz und weiß. Frieden werden wir nur wieder besitzen, wenn das moderne alte Stammesdenken nicht ein Rassismus bleibt.

Mbongo Saerd

365

Das Schlimme
an unserer Zeit ist, daß die Zukunft nicht mehr das ist, was sie einmal war.

Paul Valéry

Von Daniel Kleinworth sind außerdem als Knaur-Taschenbücher erhältlich:

»365 Liebeserklärungen« (Band 2879)

»365 boshafte Gedanken«
(Band 2881; erscheint Februar 1990)

Die Postkartenbücher

»Liebes Kätzchen« (Band 1900)
»Alles Gute zum Geburtstag« (Band 1901)
»Meine Hände reich' ich Dir« (Band 1903)
»Vergiß mein nicht« (Band 1904)
»Fröhliche Weihnachten« (Band 1905)
»Schwein muß man haben« (Band 1906)
»Ich denk an Dich das ganze Jahr« (Band 1907)
»Fröhliche Ostern« (Band 1935)
»Ein dicker Blumenstrauß für Dich« (Band 1936)
»Lieber Schnuffelhund« (Band 1937)
»Geliebte Freundin« (Band 1938)
»Kinder, Kinder« (Band 1939)
»Glücksgefährte« (Band 1940)

Die Weihnachtsbücher

»Von des Winters Dunkelheit zum Licht«
(Band 2061)
»Draußen ziehen weiße Flocken« (Band 2062)
»Fröhliche Weihnacht überall« (Band 2063)